Bian

Amor en Roma
Susanne James

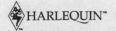

Editado por HARLEQUIN IBÉRICA, S.A.
Núñez de Balboa, 56
28001 Madrid

I.S.B.N.: 978-84-671-9056-4
Depósito legal: B-33099-2010
Editor responsable: Luis Pugni
Preimpresión y fotomecánica: M.T. Color & Diseño, S.L.
C/ Colquide, 6 portal 2 - 3º H. 28230 Las Rozas (Madrid)
Impresión y encuadernación: LITOGRAFÍA ROSÉS, S.A.
C/ Energía, 11. 08850 Gavá (Barcelona)
Fecha impresion para Argentina: 25.4.11
Distribuidor exclusivo para España: LOGISTA
Distribuidor para México: CODIPLYRSA
Distribuidores para Argentina: interior, BERTRAN, S.A.C. Vélez
Sársfield, 1950. Cap. Fed./ Buenos Aires y Gran Buenos Aires,
VACCARO SÁNCHEZ y Cía, S.A.
Distribuidor para Chile: DISTRIBUIDORA ALFA, S.A.

Capítulo 1

POR QUÉ no vuelves al hotel y te acuestas, Coral? Hoy hace mucho calor –comentó Emily, mirando compasivamente a su amiga mientras recorrían las calles de la ciudad bajo un sol abrasador.

–¿Calor? Esto es un infierno –dijo Coral, quitándose
el sombrero para secarse el sudor de la frente–. Debe-
mos de estar a más de cuarenta grados –suspiró–. Creo
que voy a tomar un taxi para volver... ¿Te queda mucho
más por hacer, Ellie?

–La verdad es que no, pero me gustaría ver un sitio
más antes de acabar por hoy –respondió Emily, echán-
dole un vistazo al reloj–. Estaré de regreso antes de las
cinco; así tendré tiempo para descansar y ducharme antes de que salgamos a cenar.

Las dos amigas se alojaban en un pequeño hotel de
Roma, situado en el barrio de Trastevere. Emily estaba
visitando hoteles y restaurantes para la agencia de viajes
para la que trabajaba, y era la primera vez que viajaba
acompañada al extranjero. El novio de Coral, Steve, la
había abandonado recientemente y Emily la había invitado a ir con ella a Roma para animarse. «Un cambio te
vendrá bien, Coral», le había dicho. No le hizo falta
mucha persuasión para convencerla.

Emily sabía muy poco italiano, pero estaba decidida
a hacerse entender en los locales que debía investigar.
Confiaba además en que el personal italiano supiera in-

glés para entenderse con el continuo flujo de turistas procedentes del Reino Unido.

Se detuvo a comprarse un helado de capuchino y echó a andar por una calle sombreada. Volvió a detenerse para lamer el helado rápidamente, antes de que se derritiera y fuera imposible degustarlo, y siguió caminando con pereza y sopor. Quizá debería volver ella también al hotel, pero tenía que visitar un restaurante más antes de concluir su jornada.

Se sumergió en la calurosa e histórica atmósfera de la ciudad eterna y se pregunto si sus padres habrían caminado por aquella misma calle en alguno de sus muchos viajes. Se le formó un doloroso nudo en la garganta al pensar en su madre, quien había muerto cuatro años atrás, cuando Emily tenía veintiuno. Su padre, Hugh, había seguido adelante en solitario, pero Emily sabía que no le resultaba nada fácil. Siempre habían estado muy unidos y habían sido unos padres maravillosos para ella y su hermano, Paul. Paul sólo era unos años mayor que ella, pero era muy maduro y juicioso, además de un abogado implacable. Emily deseaba que estuviera con ella en esos momentos y poder darle un abrazo.

Estaba tan absorta en sus divagaciones que casi se chocó con alguien que estaba sentado en la acera, frente a una pequeña tienda de vidrio y cerámica. Estaba recostado en una butaca, con sus largas piernas extendidas delante de él y su sombrero de ala ancha cubriéndole el rostro. Debía de estar durmiendo, porque no hizo el menor movimiento para observar a Emily mientras ella se detenía a mirar los expositores de la entrada. Avergonzada por lo cerca que había estado de tropezar con él y acabar sentada en su regazo, carraspeó ligeramente y se concentró en examinar un par de artículos, aunque no tenía intención de comprar nada. Si adquiriera algún recuerdo en todos los lugares que había visitado desde que empezó a trabajar en el extranjero, su pequeño apartamento se convertiría en un almacén atestado de objetos inservibles. Aunque por otro lado... siempre quedaría hueco para algún jarrón más.

Entró en la tienda y agarró con cuidado una jarrita para mermelada. Su padre había empezado a elaborar su propia mermelada y le encantaría un regalo como ése.

—Es única —dijo una voz masculina, terriblemente seductora.

Emily se giró bruscamente y se encontró con los ojos más negros que había visto nunca. La figura inerte de la entrada había vuelto a la vida... Se había quitado el sombrero y sus brillantes cabellos negros le caían descuidadamente sobre la bronceada y sudorosa frente.

—¿Perdón? —preguntó Emily, ruborizándose como una adolescente.

Su reacción la irritó y se reprendió a sí misma. Aquél no era el primer italiano con el que se tropezaba, por amor de Dios.

—Es única —repitió él, y desvió brevemente la mirada para agarrar otra jarra—. Cada pieza es única —añadió, girándola lentamente en sus largos dedos.

Emily sonrió por dentro. Era un hombre de pocas palabras, lo que parecía indicar que su inglés era tan pobre como el italiano de Emily.

—Son... muy... bonitas —murmuró lentamente—. ¿Cuánto...?

El hombre sonrió, mostrando unos dientes blancos y perfectos que contrastaban con su piel bronceada. Sin apartar los ojos de ella, señaló la etiqueta con el precio en la base de la jarra y arqueó una ceja.

–Claro... Debería haberme fijado –dijo Emily, sacando rápidamente la cartera.

–No pasa nada –hablaba despacio y con cuidado, como si hubiera memorizado las frases básicas para atender a los clientes. Apenas había pronunciado un puñado de palabras, pero no parecía necesitar mucho más para llevar aquel pequeño y discreto comercio.

Emily le sonrió al tenderle los euros. Los dedos del hombre se mantuvieron sobre los suyos unos segundos más de lo necesario, pero Emily descubrió con sorpresa que le gustaba sentir su tacto. No era ofensivo en absoluto, sino cálido y afectuoso. Lo que ella más necesitaba en esos momentos.

Vio cómo envolvía cuidadosamente la jarra, antes de meterla en una bolsa y entregársela a Emily.

–¿Es para usted?

Emily no pudo evitar sonreírle otra vez.

–No. Es un regalo... Para mi padre –añadió–. Le... le gusta preparar su propia mermelada –¿por qué se molestaba en darle aquella información? Aquel hombre sólo estaba siendo amable. No necesitaba saber detalles sobre su familia.

–Ah, sí... –su expresión se tornó seria por un momento–. Su padre... ¿está solo?

Emily dudó un instante.

–Mi madre murió... no hace mucho –respondió en voz baja.

El hombre la sorprendió entonces al agarrarle la mano y apretarla delicadamente. No fue un tacto como el anterior, sino más bien un gesto impulsivo de compasión.

–Lo siento –murmuró, soltándola y apartándose.

–Muchas gracias –respondió ella, dándose la vuelta–. Por... la jarra.

Él ladeó ligeramente la cabeza.

—No hay de qué.

Emily salió de la tienda y se alejó por la calle, tan aturdida como si hubiera sufrido una insolación. El encuentro con el que seguramente era el italiano más atractivo que había visto jamás la había afectado más de la cuenta. O eso o le habían echado algo en el helado de capuchino.

Desde la puerta de la tienda vio cómo ella se alejaba. La había visto acercándose por la calle unos minutos antes, y habría tenido que ser ciego para no fijarse en su apetitosa figura, en aquel vestido sobre las rodillas que revelaba unas piernas bronceadas y bien torneadas, en los largos cabellos rubios sobre los hombros y en las sandalias que relucían al calor del día. Era evidente que no tenía ninguna prisa, o al menos eso había creído él al ver cómo disfrutaba de su helado. Se había detenido un par de veces mientras lo lamía con deleite, había paladeado hasta la última miga del cucurucho y había sacado un pañuelo del bolso para limpiarse los labios.

Saltaba a la vista que no era italiana. Seguramente era inglesa, o quizá alemana, o tal vez sueca. Un estremecimiento de deseo muy familiar le había recorrido la espalda mientras la veía acercarse, y había mantenido la cabeza agachada deliberadamente para seguir observándola mientras fingía dormir. Entonces ella le había dado la oportunidad perfecta al pararse para examinar los artículos a la venta y comprar algo, y él no la había desaprovechado. Se había tomado su tiempo envolviendo la jarrita de mermelada y aspirando la sutil fragancia de su perfume.

Dejó escapar un suspiro al perderla de vista. Había sido como una alucinación pasajera en el sofocante calor de la tarde. Molesto, echó un vistazo a su reloj. Aún le quedaba otra hora hasta que fueran a relevarlo y él pudiera irse a tomar un merecido trago para refrescarse.

A Emily le costó un poco encontrar el restaurante de su lista, pues ninguna de las personas a las que preguntó parecía conocerlo. Pero finalmente consiguió dar con su localización y mantuvo una breve entrevista con el encargado. El local estaba bien equipado y ofrecía un ambiente muy agradable. El tipo de restaurante donde a Emily le gustaba comer. Se quedó con algunos menús y folletos y volvió al hotel en taxi.

Coral estaba tendida en la cama, leyendo una revista.

–Ah, ya estás aquí... ¿Has acabado lo que tenías que hacer? –le preguntó, mirando a Emily y pensando lo bonita que era su amiga. Tenía la misma figura que ella había lucido en su adolescencia–. Pareces tan fresca como una lechuga, Ellie... Has tenido mucha suerte de no quemarte con este sol –comentó–. No como yo. Con esa piel tan blanca deberías haberte puesto tan roja como un cangrejo –suspiró–. No es justo... –con su piel pecosa y su pelo rojizo, Coral necesitaba una protección especial para soportar aquellas condiciones.

–Tal vez no me haya quemado por fuera, pero por dentro estoy ardiendo –replicó Emily con una sonrisa–. Voy a darme una ducha fría enseguida –sacó una falda de algodón y una camiseta de su equipaje y entró en el cuarto de baño–. No tardo nada.

Un poco después, habiéndose refrescado y arreglado, las dos chicas abandonaron el hotel y tomaron un taxi para ir al centro.

–Con tu experiencia seguro que conoces los mejores sitios para comer –comentó Coral mientras caminaban por las atestadas calles.

–Aún me queda mucho por aprender –dijo Emily–. Ésta es la segunda vez que estoy en Roma, pero sin duda hay mucho para elegir –pasaron por delante de un restaurante tras otro y finalmente se detuvieron a examinar el menú en la puerta de un bonito establecimiento–. Tiene buena pinta... ¿Probamos aquí?

Ocuparon una mesa bajo el toldo y Coral suspiró con expectación.

–Sólo con pensar en la comida ya se me abre el apetito –miró a Emily–. En estos momentos no querría estar en ningún otro sitio... ni con ninguna otra persona.

Emily le sonrió. A Coral siempre le había gustado comer, pero desde que rompió con su novio el mes anterior había perdido mucho peso, lo cual no era normal en ella. El apetito de Coral era legendario, y estaba intrínsecamente ligado a su popularidad y optimismo ante la vida.

Lo único que falta es que un italiano guapísimo caiga a mis pies y me proponga una cita romántica en algún lugar idílico –dijo Coral mientras leía el menú–. Pero no hasta que haya acabado de comer –se apresuró a añadir.

Emily se alegraba de que el viaje le estuviera sentando tan bien a Coral. Parecía estar recuperando su entusiasmo y olvidando su depresión, al menos de cara a los demás. Coral y Steve habían estado juntos durante cuatro años, sin que ninguno quisiera comprometerse en serio, hasta que un buen día Steve declaró que ya había tenido suficiente y que quería acabar con la relación. El golpe fue demoledor y Emily lo sintió en sus propias carnes al ser su compañera de piso. Coral siempre había sido una chica alegre y optimista y era horrible verla con el ánimo por los suelos.

Emily frunció el ceño mientras recorría el menú con el dedo. Estaba muy bien pensar en las relaciones de los demás, pero ¿qué pasaba con ella? Tenía que admitir que su propia vida no soportaría un escrutinio demasiado severo. ¿Y a quién podía echar la culpa? Había perdido la confianza en las relaciones estables desde que Marcus, su último novio, sucumbió a los encantos de la mejor amiga de Emily. La chica nunca había ocultado que le gustaba Marcus, pero Emily cometió el error de confiar ciegamente en él. En aquella ocasión le tocó a Coral ayudarla a recoger los pedazos de su maltrecho corazón.

De eso hacía más de un año, y aunque Emily apenas pensaba en Marcus había aprendido una dura lección. No se podía confiar en las personas a las que una creía conocer, y mucho menos en los hombres atractivos e interesantes, incapaces de resistirse al sexo femenino.

Un joven camarero italiano les tomó nota y al cabo de dos minutos les sirvió dos copas de vino blanco. Coral levantó la suya enseguida y le sonrió a Emily.

—Salud —tomó un largo trago y Emily la imitó. Era estupendo contar con la compañía de su amiga en aquel viaje, a pesar de que empezaba a acostumbrarse a valerse por sí misma.

Coral se recostó en la silla y miró alrededor.

—Hay abundante material por aquí —dijo en tono melancólico—. Mira a esos dos tipos de ahí, Ellie... ¿No te parecen guapísimos? —se calló un momento—. ¡Eh, nos están mirando! A lo mejor tenemos suerte y...

—Tal vez la tengas tú, en todo caso —la interrumpió Emily alegremente—. Pero a mí no me metas. Mañana me espera un día muy ocupado y voy a acostarme en cuanto acabemos de cenar.

—Eres una aguafiestas —le reprochó Coral—. Además, sólo estaba bromeando —declaró, aunque siguió mirando a los hombres y devolviéndoles las sonrisas.

–No los animes, Coral –le aconsejó Emily–, o luego será muy difícil quitárnoslos de encima.

Les sirvieron los platos y durante los próximos diez minutos Coral estuvo devorando su comida sin decir una sola palabra.

–La ternera está muy tierna –comentó Emily–. Y la salsa es deliciosa.

–¡Me encantan las patatas fritas! –exclamó Coral–. Tenía miedo de que sólo fuéramos a comer pasta en este viaje.

Las raciones eran tan generosas que sólo hacía falta fruta y café para completar la cena. Pero Coral insistió en pedir más vino, desoyendo las protestas de Emily.

–Emily, por favor... Estamos de vacaciones, ¿recuerdas?

–De vacaciones estás tú, no yo – replicó Emily, pero se bebió el vino de todos modos. No quería fastidiarle la diversión a Coral, cuyo entusiasmo llegaba a ser contagioso.

Mientras se tomaban el vino, los dos hombres a los que Coral había estado sonriéndoles se acercaron y, sin pedir permiso, arrastraron dos sillas hasta su mesa para sentarse.

–¿Podemos sentarnos? –les preguntó uno de ellos cuando ya lo hubieron hecho.

Emily se limitó a encogerse de hombros, pero Coral no cabía en sí de gozo.

–Pues claro –respondió con una radiante sonrisa, mirando fugazmente a Emily.

Uno de los hombres llamó a un camarero y pidió más vino. Los dos eran muy jóvenes, apenas veinte años, bien parecidos y ataviados con ropa informal, y claramente animados por las descaradas miradas de Coral.

Les costó entender que las chicas eran inglesas y que

estaban de vacaciones. Su inglés era pésimo y les costaba hacerse entender, riéndose a carcajadas por los continuos fallos que cometían. Se iban animando cada vez más, pero cuando uno de ellos agarró a Emily de la mano, la miró fijamente a los ojos y le dijo lo bonita que era, la chica tuvo suficiente. Podía tolerar hasta cierto punto por el bien de Coral, pero no estaba dispuesta a ir más allá. Apartó la mano y miró su reloj.

–Bueno, ha sido un placer conoceros, pero tenemos que irnos ya.

–Oh, no, no –protestó su admirador–. Es muy temprano.

Emily miró a Coral en busca de apoyo, pero su amiga se negó a mirarla. Estaba disfrutando mucho con la situación y durante unos momentos Emily no supo qué hacer. Sabía que no tenía nada que temer de aquellos hombres, quienes sólo estaban siendo amables, pero aquélla era la situación que quería evitar a toda costa. ¿Cómo iba a salir de allí sin ofender a los dos jóvenes italianos?

Pero entonces la buena suerte se posó en su hombro, literalmente. La mano del apuesto italiano que había conocido horas antes se posó en su brazo desnudo por un instante. El hombre la miró a los ojos y le dedicó una sonrisa que le aceleró el corazón.

–Nos volvemos a encontrar –dijo tranquilamente–. Estaba tomando una copa en el bar cuando te vi entrar –hizo una pausa–. ¿Va todo bien? –se expresaba en un inglés tan perfecto que Emily se quedó momentáneamente desconcertada. Al parecer, el pobre conocimiento lingüístico que había demostrado en la tienda sólo era una estratagema para evitar largas y tediosas charlas con los clientes.

Fuera como fuera, se sentía tremendamente aliviada por su repentina aparición. Los dos jóvenes también parecieron percatarse de su presencia, pues se levantaron al momento de una manera casi reverencial.

–Giovanni –dijeron al mismo tiempo. Al parecer era un hombre muy conocido. ¿Y por qué no? Era el dueño de una tienda en el centro de Roma.

–Oh... Hola, otra vez –lo saludó ella con una sonrisa–. Estábamos... explicándoles a estos chicos que tenemos que irnos.

El tal Giovanni se puso a hablarles en italiano a los dos jóvenes y los tres se echaron a reír, seguramente a costa de ella y de Coral. Entonces los dos hombres se marcharon y Giovanni se presentó, le dedicó a Coral una de sus arrebatadoras sonrisas y les estrechó la mano a cada una.

–Me llamo Giovanni, pero mis amigos me llaman Joe... Gio –dijo, recorriendo el rostro de Emily con la mirada.

–Yo... me llamo Emily, y ésta es Coral –dijo Emily rápidamente–. Estamos pasando unos días en Roma... de vacaciones –las palabras le salían atropelladamente de la boca mientras Coral la miraba boquiabierta. No sólo porque resultaba evidente que Emily y Giovanni ya se conocían, sino porque el italiano era tan atractivo que su amiga debía de estar muriéndose de curiosidad–. Esto... siéntate, Giovanni –lo invitó con voz vacilante, y él no perdió tiempo en sentarse.

Emily miró a Coral.

–Esta tarde le compré un regalo a mi padre en la tienda de Giovanni... Y así nos conocimos... Giovanni... Gio y yo.

A Coral no debía de haberle hecho mucha gracia la apresurada huida de los dos jóvenes, pero estaba tan embelesada con el recién llegado que apenas podía articular palabra.

Giovanni llevaba unos vaqueros y una camisa blanca holgada, abierta por el cuello y revelando una franja de torso moreno y musculoso. Llevaba el pelo alborotado con estilo, con un par de mechones cayéndole sobre la frente. Sus ojos eran brillantes y cautivadores, enmarcados por espesas pestañas, y cuando se inclinó para agarrar brevemente la mano de Coral y expresarle su placer por conocerla, Emily pensó que su amiga iba a desmayarse por la emoción.

–En... encantada de conocerte, Gio –consiguió decir Coral, y le echó una rápida mirada de reproche a Emily antes de dedicarle toda su atención al italiano.

La conversación fluyó con naturalidad gracias al impecable inglés de Giovanni, modulado con el sensual acento italiano, y su irresistible encanto latino. Llamó al camarero y se giró hacia Emily.

–¿Qué tal si celebramos nuestro encuentro? –sugirió–. ¿Qué te gustaría tomar? ¿Y a ti, Coral? ¿Qué quieres que te pida?

–Me gustaría otro café, por favor –dijo Emily. Ya se había tomado varias copas de vino y no le convenía beber más de la cuenta.

Por su parte, Coral no parecía tener ningún problema en seguir bebiendo mientras le contaba su vida a Giovanni, permitiendo que Emily incluyera algún que otro comentario sobre sí misma.

Finalmente, Emily decidió que la velada ya había durado bastante para ella.

–Me gustaría volver al hotel, Coral –dijo–. Es tarde.

–¿Dónde os alojáis? –preguntó Giovanni en tono despreocupado. Ellas se lo dijeron y él se ofreció a llevarlas en su coche–. Lo tengo aparcado muy cerca de aquí –dijo.

–¡Estupendo! –exclamó Coral.

–Gracias, pero podemos ir en taxi –dijo Emily–. No queremos causarte molestias –se levantó y le echó una mirada de advertencia a Coral, quien también se levantó–. Ha sido un placer conocerte... Gio –le tendió la mano–. Y gracias por el café.

Él le sonrió y ladeó brevemente la cabeza.

–No hay de qué –dudó un momento–. Por cierto, si mañana tienes problemas para encontrar los lugares que debes visitar, estaré en la tienda por si necesitas que te oriente.

–Gracias, pero seguro que puedo arreglármelas yo sola –respondió Emily con firmeza.

–¿Por qué no has querido que nos lleve al hotel? –le preguntó Coral mientras volvían al hotel en taxi.

–¡Porque no lo conocemos, Coral!

–No es exactamente un desconocido...

–Claro que sí –replicó Emily.

Pero más tarde, mientras escuchaba los ronquidos de Coral en la otra cama, sintió que no tenía ningún motivo para desconfiar de las intenciones de Giovanni. Era un ciudadano muy conocido en la ciudad y, a juzgar por la reacción de los dos jóvenes en el restaurante, muy respetado.

Se dio la vuelta y extendió el brazo sobre la almohada. No dejaba de ver aquellos ojos negros, cautivándola con su penetrante mirada... Se incorporó bruscamente en la cama y se apartó el pelo de la cara. «Basta», se ordenó a sí misma. Estaba allí por trabajo, no para fantasear con el primer italiano que le dedicara una atención especial. Además, era improbable que ella y Giovanni volvieran a encontrarse, sobre todo porque sólo faltaban dos días para volver a Inglaterra.

De vuelta en su apartamento de lujo, situado en el corazón de la ciudad, Giovanni se desnudó y entró en el cuarto de baño. Aún no podía creerse el golpe de suerte que había tenido al tropezarse otra vez con Emily. Al fin y al cabo, ella podría haber ido a cualquier otro de los miles de restaurantes de Roma o incluso haber vuelto a casa. Pero el destino le había dado a Giovanni la oportunidad de acercarse a ella sin peligro de ofenderla. Había visto cómo los jóvenes se pegaban a las dos chicas sin ser invitados y se había percatado enseguida de la incomodidad de Emily. Fue aquello lo que lo hizo intervenir.

Se miró en el espejo y sonrió ligeramente. Había conocido a muchísimas mujeres en su vida, pero aquélla era la primera vez que algo se movía en su interior. De repente volvía a sentirse vivo, sin el sentimiento de culpa que lo había acosado sin tregua durante los últimos dieciocho meses.

Se mordió el labio e intentó sacudirse los remordimientos. No podía seguir arrastrando los traumas del pasado. Era hora de tomarse un descanso emocional y empezar a mirar hacia delante. Y no podía negar que Emily había prendido una inesperada chispa en su interior. Apenas habían compartido unas horas y ya estaba prendado de ella. No sólo era hermosa y tenía unos preciosos ojos grises; además era sensible, atenta, vulnerable, tal vez, e inspiraba un irresistible deseo de protegerla. Giovanni jamás había sentido nada parecido con ninguna otra mujer, y esa certeza no resultaba del todo tranquilizadora.

Permaneció un rato inmóvil bajo la ducha, dejando que el agua aliviara la tensión de sus fuertes músculos, antes de empezar a enjabonarse enérgicamente. Al menos sabía dónde se alojaría Emily durante los próximos días. Quería saber más sobre aquella fascinante mujer inglesa antes de que fuera demasiado tarde.

Acabó de ducharse y se anudó una toalla a la cintura para volver al dormitorio. Se sentía eufórico y vigoroso, como si volviera a tener dieciocho años. No había duda... Emily Sinclair lo había rociado con sus polvos mágicos.

Por algo sus amigos lo llamaban «Gio el Afortunado».

Capítulo 2

VAYA noche que he pasado... –Coral se sentó en el borde de la cama, con la cabeza en las manos, y miró a Emily a través de los dedos–. Me alegro de no haberte molestado –añadió en tono sarcástico.

Emily se incorporó y miró a su amiga con ojos medio cerrados.

–No, no oí nada. Hacía tiempo que no dormía tan bien. Pero... ¿qué ocurrió? ¿O quizá no debería preguntarlo?

–Nada... Me he pasado toda la noche yendo al cuarto de baño –respondió Coral–. Supongo que fue algo que comí en la cena.

–No creo... Ambas cenamos lo mismo y a mí no me afectó –observó Emily, pensando en todo lo que había bebido Coral. Casi se había tomado ella sola la botella de carísimo vino con que las había obsequiado Giovanni, y antes ya se había tomado más de una copa–. ¿Te apetece desayunar? –le preguntó. Su amiga estaba completamente pálida.

–¡No! No me hables de comida, por favor –se levantó y se acercó lentamente a la ventana, llevándose las manos al estómago–. Parece que va a ser otro día de mucho calor... No creo que pueda acompañarte, Ellie. No me siento capaz de salir a la calle... ¿Te importa?

–Pues claro que no –respondió Emily inmediatamente–. Pero creo que ya has pasado lo peor –se levantó de la cama y bostezó–. Te llamaré a la hora de comer por si te apetece salir.

Después de desayunar repasó las instrucciones que se le habían entregado. Tenía que visitar dos hoteles y dos restaurantes, y aunque como lectora de mapas dejaba mucho que desear estaba convencida de que sabría orientarse. Dos de los lugares parecían estar muy cerca el uno del otro, pero los otros parecían mucho más distantes.

No le costó mucho localizar los dos establecimientos céntricos, aunque los pies le dolían como si hubiera caminado cien kilómetros y decidió hacer una parada en una cafetería para repasar sus notas y tomarse un zumo de naranja recién exprimido. Sentada en la terraza, con el cuaderno en las rodillas, contemplaba pensativamente el tráfico de la calle. Lo estaba haciendo bien, pensó, a pesar de las vueltas que había dado por culpa de las indicaciones contradictorias que le habían dado dos peatones, pero decidió que tomaría un taxi para su siguiente destino, un bonito hotel a juzgar por sus anotaciones.

Fue mucho más fácil pensarlo que hacerlo. Los taxis pasaban velozmente ante ella, todos ocupados o indiferentes a sus gestos. Al cabo de varios minutos de infructuosa espera, empezó a caminar por la calle antes de volver a probar suerte. Vio que se acercaba otro taxi y se bajó de la acera para obligarlo a detenerse, pero tropezó y a punto estuvo de caer a la calzada. El taxi, naturalmente, pasó junto a ella.

Emily ahogó un gemido de frustración. ¿Por qué tenía que ser tan difícil conseguir un taxi en Roma? El calor y la irritación empezaban a hacer mella en sus ánimos.

De pronto, un coche negro se detuvo junto a ella y

Emily experimentó una oleada de alivio, y de placer, cuando reconoció al conductor.

–*Buon giorno, signorina* –la saludó Giovanni con una arrebatadora sonrisa en los labios y un malicioso brillo en los ojos.

–Oh... hola, Giovanni. Quiero decir, Joe... –respondió Emily, sin poder creerse su buena suerte. Giovanni le ofrecería su ayuda para encontrar el lugar que estaba buscando y a ella no se le ocurriría rechazarlo con ese calor.

Sin apagar el motor, Giovanni salió del coche y rodeó el vehículo para abrirle la puerta. Estupendo, pensó él. La suerte volvía a estar de su lado. Casi nunca conducía por la ciudad a esas horas, pero la coincidencia no podría haber sido más oportuna.

Se sentó al volante y la miró un momento. Tenía las mejillas coloradas y parecía faltarle el aliento.

–Parece que estabas buscando un taxi –dijo. No se le ocurría otra razón para que estuviera sola en la acera con los brazos levantados–. A veces puede costar un poco.

–Ya lo veo –respondió ella mientras se ponían en marcha–. No parece que necesiten ganar dinero hoy –echó la cabeza hacia atrás y suspiró, agradecida por el aire acondicionado y por la compañía–. Tengo que visitar dos hoteles. Mi trabajo consiste en evaluar aquellos lugares que puedan satisfacer las exigencias del turismo británico –explicó–, y no sé cómo llegar a estos hoteles.

–Es una suerte que no esté hoy en la tienda –dijo Giovanni–. Así podré llevarte a donde quieras ir –volvió a aparcar junto a la acera y la miró–. ¿Qué hoteles estás buscando?

Emily le tendió la hoja con las instrucciones y un pequeño mapa. Giovanni echó un rápido vistazo y asintió.

—Están un poco lejos —admitió—, pero no será difícil encontrarlos... Si me permites que te lleve —añadió.

Emily lo miró fugazmente. Aquel hombre era el mismo desconocido con el que había estado la noche anterior, cuando ella se negó a que las llevara al hotel en coche. ¿Por qué, entonces, se sentía ahora tan tranquila y confiada?

—Si no supone ningún inconveniente para ti, te estaré muy agradecida, Gio.

—¿Para qué agencia de viajes trabajas? —quiso saber Giovanni mientras volvían a ponerse en marcha. Emily se lo dijo y él asintió—. ¿Cuánto tiempo llevas con ellos?

—Casi un año.

—¿Y antes?

—Estuve trabajando un par de años en una pequeña galería de arte en Londres —se atrevió a mirarlo de nuevo y se fijó en su atractivo perfil, su fuerte cuello y recia mandíbula. Su camisa blanca revelaba unos brazos morenos y musculosos y se ceñía a sus anchos hombros.

Emily tragó saliva y apartó la mirada.

—¿Y tú? ¿Desde cuándo tienes la tienda?

Él sonrió sin mirarla.

—No es mía. Pertenece a un amigo. Yo sólo lo sustituyo de vez en cuando.

Emily se quedó pensativa unos instantes.

—¿Y qué haces cuando no estás vendiendo jarras de mermelada?

—Mi amigo es también el dueño del restaurante donde estuviste cenando anoche, y a veces le echo una mano en el bar... pero principalmente me ocupo de resolverle el papeleo —hizo una breve pausa—. Por cierto, ¿cómo está Coral?

—Pues... me temo que ayer le dio demasiado el sol

–dijo Emily, sin querer entrar en detalles–. Ha preferido quedarse en el hotel a descansar, y eso me recuerda que tengo que llamarla para preguntarle cómo se encuentra.

Saco su móvil del bolso y marcó el número de Coral. Su amiga respondió en seguida y Emily se alivió al comprobar que parecía haberse recuperado.

–Volveré sobre las seis y saldremos a cenar si te sientes bien... ¿Qué? Oh, estoy llamando desde... desde un coche. Voy de camino a uno de los hoteles, pero no creo que tarde mucho en visitarlo –añadió, antes de despedirse rápidamente y volver a guardar el móvil en su bolso.

Giovanni la miró de reojo y le formuló una pregunta bastante directa.

–¿Mi nombre te resulta obsceno, Emily? Espero que no estés... avergonzada de mí.

Emily sintió que le ardían las mejillas.

–¡Claro que no! –exclamó–. Pero no sabía cómo explicarle a Coral que... quiero decir... cómo... Se lo contaré después, naturalmente –Coral se había enamorado perdidamente de Giovanni y no había dejado de hablar de él cuando volvieron al hotel. Si Emily le hubiera contado que se había encontrado con Giovanni de casualidad, que estaba sentada en su coche y que era tan guapo como la noche anterior, Coral habría sido capaz de destrozar el teléfono en un ataque de celos.

Tardaron veinte minutos en llegar al hotel. Giovanni detuvo el coche frente a la imponente entrada y miró a Emily.

–¿Tienes una cita o vas a presentarte sin avisar?

–Depende –respondió ella–. Es preferible que no sepan cuándo vas a presentarte, por razones obvias, pero normalmente suelo llamar antes por teléfono. Espero que el director pueda recibirme hoy. En cualquier caso, podré ver si este hotel sería del gusto de nuestros clientes.

Salieron del coche y entraron en el gran vestíbulo. Emily se quedó impresionada por las ostentosas vitrinas que exhibían joyas y prendas de ropa. Todo indicaba que tendrían que incluir aquel hotel en sus paquetes turísticos de lujo.

La recepcionista que aguardaba tras el gran mostrador de roble miró brevemente a Emily antes de posar la mirada en Giovanni, obviamente cautivada por su implacable atractivo masculino.

–*Parla inglese*? –le preguntó Emily.

La chica asintió con expresión dubitativa.

–Un poco.

Unas pocas frases después quedó muy claro que la joven recepcionista no dominaba el inglés. Emily tomó nota mentalmente de aquel dato, pues para los turistas ingleses sería muy importante sentirse cómodos al llegar al hotel y poder desenvolverse en su propio idioma. Giovanni se puso a hablarle en italiano a la recepcionista, quien se mostró aliviada y encantada de poder hablar en su lengua con el atractivo visitante.

–Esta señorita únicamente está sustituyendo a la recepcionista, de baja por enfermedad –le explicó Giovanni–. Hoy es su primer día y dice que está siendo la mañana más larga de su vida. Mañana vendrá otra chica... Sólo tiene diecisiete años –añadió, para asombro de Emily. Por su aspecto parecía tener veintitantos años e iba impecablemente vestida con un uniforme negro, joyas de oro y sus cabellos negros peinados hacia atrás. Su etiqueta la identificaba como «Carla»–. También le he preguntado si el *signor* Saracco puede recibirnos y me ha dicho que volverá dentro de un ahora. ¿Quieres esperar, o prefieres ir antes al otro hotel? No sé tú, pero yo no he almorzado. Carla me ha dicho que aquí sirven una comida exquisita...

De repente, la idea de sentarse a tomar un almuerzo italiano le pareció sumamente tentadora a Emily. Sobre todo porque sólo había tomado un zumo de naranja desde que salió de su hotel.

–Me encantaría comer algo –admitió–. Y quizá lo mejor sea esperar al director, ya que estamos aquí.

–Muy bien –dijo él. La agarró del codo y la llevó hacia el comedor.

Emily no necesitó girar la cabeza para saber que Carla los estaba mirando. La joven se había sentido enormemente halagada por la amable atención de Giovanni, y no había dejado de batir sus largas pestañas artificiales mientras él la miraba. A Emily le parecía lógico que cualquier mujer reaccionase igual al exquisito tacto que demostraba Giovanni... por no hablar de su irresistible sensualidad.

Ocuparon una mesa en un rincón, junto a una ventana con vistas a un hermoso jardín donde un aspersor regaba el césped en círculos.

–Se necesita mucho personal para mantener un hotel como éste –comentó Emily–. Todo parece estar cuidado al detalle.

Examinaron el menú y ambos eligieron tomar el «Especial de la Casa», que consistía en raviolis acompañados de espinacas.

–Espero que el servicio sea bueno –dijo Giovanni–, porque me muero de hambre.

Emily también tenía apetito, pero afortunadamente no tardaron en estar degustando la deliciosa especialidad italiana.

–No se parecen en nada a los raviolis que hago en casa –dijo ella mientras rebañaba la salsa.

Giovanni le sonrió y pensó en lo mucho que estaba disfrutando de la compañía de aquella mujer inglesa a la que apenas conocía. La miró con ojos ligeramente entornados. No se mostraba fría con él, en absoluto, pero sí se percibía una especie de coraza invisible a su alrededor. De alguna manera parecía mantenerlo a raya, como si no quisiera intimar demasiado con él. Giovanni podría seducir fácilmente a la joven recepcionista para satisfacer su ego... ¿Por qué, entonces, seguía acompañando a aquella fascinante e inexpugnable mujer?

Emily lo miró y él le sonrió. Era el momento de aclarar las cosas.

–¿Tienes hermanos, Emily? –le preguntó mientras acababa su cerveza–. ¿O eres hija única?

–Tengo un hermano –respondió ella, doblando la servilleta y recostándose satisfecha en la silla–. Es abogado, un poco mayor que yo –se calló un momento–. Los dos vivimos y trabajamos en Londres, pero no nos vemos tanto como nos gustaría. Siempre estamos demasiado ocupados.

–Siempre tiene que haber tiempo para las relaciones –observó Giovanni, muy serio.

–¿Tus padres viven? –le preguntó Emily.

–Mi madre sí, pero mi padre murió hace diez años.

Los dos eran semihuérfanos, pensó Emily.

–¿Tu madre vive en Roma contigo?

–No, tenemos una casa en el campo, no muy lejos de aquí. Mi madre está muy bien allí, aunque a veces viene a la ciudad y se queda en mi piso. ¿Y tu padre? Me dijiste que ahora está solo, pero ¿dónde vive?

–En la misma casa de Hampshire donde vivió con mi madre desde que se casaron –respondió Emily, deseando no haber tomado el vino blanco.

Guardaron silencio unos segundos.

–¿Y qué me dices de tu vida emocional, Emily? ¿Hay algún hombre esperando tu regreso?

Emily se sorprendió por la pregunta. No era un tema del que soliera hablar con nadie.

–No, no tengo pareja... por el momento.

Lo dijo en tono natural y despreocupado, pero a Giovanni le resultó imposible descifrar la expresión de su rostro. ¿Tendría a una legión de admiradores, tal vez?

Emily desvió la mirada hacia la ventana. Bajo ningún concepto le hablaría a Giovanni de Marcus. Aquello formaba parte del pasado y ella estaba saliendo adelante sin necesidad de compañía masculina. La vida era mucho más sencilla de esa manera.

Tragó saliva y se dispuso a cambiar de tema, pero en ese momento entraron tres hombres en el restaurante y Giovanni se puso de pie enseguida. Era evidente que los conocía, pensó Emily, y sus sospechas se vieron confirmadas cuando el más alto de los tres, un hombre de unos cuarenta y cinco años, bien parecido y vestido con elegancia, se acercó a ellos.

–Giovanni –lo saludó, y los dos se pusieron a hablar en italiano hasta que Giovanni miró a Emily.

–Permíteme que os presente –dijo–. Éste es... Aldo –volvió a mirar a su amigo–. Esta señorita es Emily. Está en Roma por trabajo.

Aldo tomó la mano de Emily y la miró con unos ojos intensos y penetrantes.

–Encantado de conocerte, Emily –le dijo en tono suave, y se volvió hacia Giovanni sin soltarla de la mano–. ¿Otra preciosa criaturita para añadir a tu lista, amigo mío?

El comentario inquietó a Emily. Parecía albergar un cierto rencor hacia Giovanni, aunque a él no parecía afectarlo en absoluto.

Aldo se marchó a la mesa que habían ocupado sus amigos en el otro extremo del comedor y Giovanni miró a Emily mientras volvía a sentarse.

—No esperaba encontrármelo aquí... Te pido disculpas por no haber hablado en inglés.

—No tiene importancia —repuso Emily—. ¿Es tu amigo? ¿Hace mucho que lo conoces?

—Demasiado —respondió él con una breve sonrisa.

—¿No te cae bien?

Giovanni se encogió de hombros.

—Ni bien ni mal. Soy yo quien no le agrada.

Desde luego que no. Eso ya lo había notado Emily.

—A veces cuesta entenderse con algunos... amigos, ¿verdad? Es imposible llevarse bien con todos.

—Oh, yo me llevo muy bien con todos mis amigos —le aseguró él—. El problema es la familia —miró a los tres hombres, que estaban pidiendo sus bebidas al camarero—. Aldo es familia, por desgracia —dijo con una pizca de resignación en su voz—. Es mi tío. El hermano menor de mi padre.

Emily no supo qué decir. Le resultaba raro que Giovanni no hubiera mencionado su parentesco al presentarlos. Los italianos eran gente muy familiar y les gustaba presumir de sus relaciones. Aunque hasta en las mejores familias había roces de vez en cuando.

—Tu inglés es perfecto —le dijo—. ¿Has estado en el Reino Unido?

—Allí cursé casi todos mis estudios.

—¿Dónde?

—Estuve en un colegio interno en Surrey. Luego fui al Marlborough College, en Wiltshire, y después a la Universidad de Londres. Antes de que lo preguntes, tengo un título en Derecho Empresarial.

De modo que aquel perfecto espécimen latino era

casi tan inglés como ella misma... Emily casi se echó a reír al pensarlo.

–¿Y a qué te dedicas, aparte de ayudar en la tienda y en el bar de tu amigo?

Él esperó un momento, antes de meterse la mano en el bolsillo y entregarle una tarjeta.

–Ayudo a mi madre con un... negocio familiar en Roma –le dijo–. Eso me obliga a ir con frecuencia al Reino Unido.

Emily miró la tarjeta que le había dado. *Giovanni Boselli*, leyó. *Asesor financiero*, seguido de sus títulos, su número de teléfono y una dirección de Londres. Una dirección que sólo estaba a unas pocas manzanas de la oficina de Emily en Mayfair...

Capítulo 3

BUENO, pues creo que ya hemos acabado por hoy... gracias a ti, Gio –dijo Emily mientras volvían al centro–. Me habría costado mucho encontrar los hoteles si hubiera estado sola.

–Ha sido un placer –le aseguró Giovanni–. ¿Qué te han parecido los hoteles?

–Son ideales –respondió ella–. El informe será muy satisfactorio. He tenido mucha suerte de que tuvieras la tarde libre y de que me vieras en la calle.

Él le dedicó una sonrisa.

–Soy yo quien ha tenido suerte. He disfrutado mucho viéndote trabajar, Emily. Te has desenvuelto a las mil maravillas con los directores, y les has dejado muy claro lo que esperarían de ellos tus clientes.

Sus halagos complacieron a Emily. No era especialmente tímida ni retraída, pero a veces era difícil tratar con desconocidos y evaluar sus establecimientos sin ofenderlos, sobre todo cuando se podía comprobar a simple vista que no cumplían los requisitos para su agencia de viajes.

Eran las seis y media de la tarde cuando Giovanni aparcó frente al hotel de Emily y apagó el motor.

–Como recompensa por haberte dedicado mi atención exclusiva... ¿me concedes el honor de invitaros a ti y a Coral a cenar? –le preguntó con un curioso brillo en los ojos.

–Pero ya te he hecho perder mucho tiempo, Giovanni, y... –empezó a protestar ella, pero él la interrumpió.

–Ya te he dicho que ha sido un placer. ¿Por qué no acabar el día como se merece? –se calló un momento–. Mañana vuelves a casa, ¿no?

–Sí –confirmó Emily. Por primera vez en aquel viaje se lamentó de no poder alargarlo unos días más. Y el motivo no era otro que Giovanni–. Tendré que hablarlo con Coral, pero gracias por la invitación de todos modos –añadió, aunque sabía muy bien que su amiga estaría encantada de pasar otra velada con Giovanni.

Él asintió ligeramente con la cabeza.

–Tienes mi tarjeta y mi número de móvil –le recordó–. Llámame cuando lo hayas decidido. Puedo recogeros a las ocho y media o a las nueve y llevaros a un sitio que nunca habríais encontrado por vosotras mismas, pero que seguro que os encantará. Y si decides acostarte pronto no te preocupes... –la tocó brevemente en el brazo y le sonrió–. Ya habrá otra ocasión.

Al volver a la habitación, Emily fue abordada por Coral y su entusiasta bienvenida.

-¡Hola, Ellie! ¿Has tenido un buen día? –sin esperar respuesta siguió hablando–. ¿Sabes qué? ¡Vamos a salir esta noche!

Emily se sentó en la cama y miró a Coral. Su amiga se había recuperado por completo y sus ojos brillaban con un entusiasmo infantil.

–Cuéntame –le pidió en tono resignado.

–Esta tarde empecé a sentirme mejor y bajé a recepción a pedir un té. Estaba de servicio Nico, ese hombre tan guapo con el que hemos hablado un par de veces...

–Sí, sé quién es –dijo Emily. Otro italiano atento y apuesto.

–Bueno, pues nos pusimos a charlar... Yo le dije que

no conocía muy bien la ciudad y, adivina... ¡Se ha ofrecido a ser nuestro guía particular! Su turno acaba a las ocho. ¿Qué te parece? –miró fijamente a Emily–. Puede ser muy divertido... y es nuestra última noche en Roma.

Emily se levantó, guardó su portátil en el armario y se volvió hacia Coral.

–Qué casualidad... Yo también he recibido una invitación –le explicó cómo se había encontrado casualmente con Giovanni y cómo la había acompañado a ver los hoteles–. Nos ha invitado a cenar con él esta noche –añadió.

Coral se quedó momentáneamente sin habla.

–Qué extraño que apareciera en el momento oportuno... ¡Y ahora tenemos dos invitaciones! –lo pensó un momento–. Mejor así. No me gustaría dejar plantado a Nico después de lo amable que ha sido conmigo esta tarde. Y tú no puedes rechazar a Giovanni. No sería justo, ya que hoy te ha sido de gran ayuda. Lo que haremos será ir cada una por nuestro lado... ¡Y luego compartiremos impresiones!

Emily sonrió y sacudió la cabeza. Su amiga estaba decidida a aprovechar sus vacaciones hasta el último segundo, ¿y qué mejor manera de acabarlas que viendo la ciudad de manos del apuesto Nico?

Mientras se duchaba, Emily se alegró por Coral. Una cita inesperada era justo lo que necesitaba para recuperarse del todo, y su amiga era lo bastante mayor y sensata para vivirla como una aventura pasajera y nada más.

En cuanto a ella, tenía que admitir que la idea de pasar su última noche con Giovanni, los dos solos, encendía una chispa en su interior. ¿Y por qué no? Una romántica velada con un hombre interesante y atractivo, sin expectativas ni ataduras de ninguna clase. Aprovechar el momento y seguir cada uno su camino. Era lo mejor.

Más tarde, vestida con unos pantalones blancos y una camiseta verde escotada, bajó las escaleras del hotel para encontrarse con Giovanni, quien la recorrió lentamente con la mirada sin ocultar su admiración.

—Eres una mujer muy hermosa, Emily —murmuró. Emily sabía que los italianos eran pródigos en ese tipo de halago fácil, pero en boca de Giovanni parecía deliciosamente sincero.

—Gracias, Giovanni —respondió, saboreando la pronunciación de su nombre. Era un «Giovanni» de los pies a la cabeza, más que un simple «Joe». Seguramente algún amigo inglés le había otorgado aquel burdo apelativo, el cual no le sentaba bien en absoluto.

Aquella noche estaba especialmente arrebatador, con unos pantalones negros de diseño y una camisa de color marfil abierta hasta la mitad del pecho. Obviamente le gustaba vestir bien.

—Coral me ha pedido que te dé otra vez las gracias por invitarla también a ella —le dijo mientras recorrían las calles en coche—. Pero como ya te expliqué, había aceptado una invitación y no podía faltar a su palabra.

Giovanni la miró. Las luces del salpicadero se reflejaban en sus ojos negros.

—No pasa nada —dijo. Con cualquier otra mujer habría dicho que estaba encantado de tenerla exclusivamente para él y así poder dedicarle toda su atención. Pero decidió guardar silencio al respecto y relajarse con el agradable silencio que existía entre ellos. Frunció ligeramente el ceño. Había conocido a muchas mujeres y siempre había visto al sexo femenino como un tesoro de valor incalculable. Pero ¿conocería alguna vez a una mujer desinteresada que no tuviera segundas intenciones para querer estar con él? Aquella duda no dejaba de atormentarlo.

Irritado por sus pensamientos, se inclinó hacia delante para ajustar algo en el salpicadero. Tenía por delante una velada para disfrutar, y eso era lo que iba a hacer. Disfrutar al máximo y asegurarse de que Emily también lo pasara bien. Al verla por primera vez el día anterior había sentido el impulso de acercarse a ella todo lo posible y poseerla. Pero el carácter esquivo de Emily seguía intrigándolo. Tenía que conseguir traspasar aquella barrera como fuese, aunque sólo fuera para convencerse a sí mismo de que podía averiguar qué se ocultaba tras la enigmática expresión de sus facciones perfectas.

—Espero que no te hayas aburrido mucho hoy, Giovanni —dijo Emily al darse cuenta de que llevaban varios minutos sin hablar—. Supongo que tendrías cosas más interesantes que hacer que pasearme por la ciudad y...

—Rara vez me aburro, Emily —la interrumpió él—. Y desde luego no me he aburrido hoy. Me complace haberte sido de ayuda.

—Parece que lo haces muy a menudo... ser de ayuda a las personas —observó ella—. A tu amigo le eres de gran utilidad en su tienda y su restaurante cuando estás en Roma —lo miró y sintió una corriente de sensualidad al estar tan cerca de él. Observó sus fuertes manos en el volante, los poderosos muslos que se adivinaban bajo los pantalones y tragó saliva, pensando en Coral y adónde la llevaría Nico aquella noche.

—Bueno, mis amigos también me prestan su ayuda cuando los necesito —le dijo él—. ¿Tienes hambre, Emily, o prefieres que demos un paseo antes de cenar?

—Me gustaría cenar ahora, y luego dar un paseo para hacer la digestión —respondió ella.

—Así lo haremos —dijo él, dedicándole una sonrisa

letal. Emily nunca lo había creído, pero ahora podía comprobar de primera mano que los italianos tenían algo especial que podía derretir el corazón más frío. Giovanni era la encarnación perfecta de aquel encanto latino.

Aparcaron el coche y caminaron por las calles del centro, mucho menos concurridas a aquella hora pero igualmente animadas. Pasaron junto a un par de familias con niños pequeños, parejas que paseaban de la mano y algún que otro ruidoso grupo de jóvenes italianos que andaban buscando alguna cita romántica.

Caminando junto a Giovanni, Emily se sintió embargada por una extraña felicidad. Cuando ella y Coral se subieron al avión en Londres, no se esperaba que fuera a encontrarse a solas con el hombre más atractivo que había visto en su vida. No estaba allí para divertirse; sólo había ido a Roma por trabajo. Aquélla era la primera vez desde que tenía aquel empleo que alguien la invitaba a salir, aunque tenía que reconocer que era culpa suya y de la antipatía natural que había desarrollado hacia las personas, y principalmente hacia los hombres. Lo hacía para protegerse emocionalmente, mantener las distancias y tratar de vivir la vida al margen de cualquier problema.

Pero la triste realidad era que Giovanni no había intentado agarrarla de la mano mientras caminaban... y ella deseaba que lo hiciera. Aún podía recordar el tacto de sus dedos cuando le entregó el regalo que compró en la tienda el día anterior. Esos dedos largos, fuertes y cálidos... Se mordió el labio e intentó apartar esos pensamientos, provocados sin duda por las parejas de jóvenes amantes con las que se cruzaban.

—No conozco tus gustos, pero estoy seguro de que te gustará el restaurante que he elegido —le dijo Giovanni–. Había muchos lugares para elegir, pero tenemos que empezar por algún sitio...

Emily le sonrió.

–Es estupendo tener a alguien... tenerte a ti –corrigió–, para decidir por mí. Me estoy acostumbrando a moverme con total independencia cuando viajo a algún lugar desconocido, y aunque cada vez me resulta más fácil a veces puede ser muy complicado.

No añadió que con frecuencia sentía una profunda nostalgia de la galería de arte, donde disfrutaba de una soledad y una seguridad absoluta. Pero había decidido extender las alas y lanzarse a la aventura en vez de seguir esperando a que la vida fuese a buscarla, y eso implicaba recorrer el mundo.

Cuando llegaron al restaurante, Emily supo inmediatamente que iba a encantarle. Estaba situado en la última planta del hotel Hassler, y mientras los acomodaban en una mesa junto a la ventana empezaron a sonar las suaves notas de un piano. Giovanni le retiró la silla a Emily y ella se sentó, mirándolo con un brillo en los ojos.

–Es fantástico, Giovanni –le dijo, sobrecogida por el exquisito ambiente.

Él esbozó una breve sonrisa.

–Sabía que te gustaría, Emily –mantuvo la mano sobre su hombro desnudo y ella se estremeció instintivamente–. ¿No tienes frío? –le preguntó, sentándose frente a ella–. ¿No has traído un chal?

–No... no tengo frío. Es sólo que me resulta muy emocionante estar aquí.

Él la miró con expresión pensativa. La luz de la vela realzaba las delicadas curvas de su rostro y sus oscuras pestañas. Giovanni agarró el menú que les había dejado el camarero e intentó concentrarse en los platos.

–Es evidente que has estado aquí antes, Giovanni –dijo ella, consultando también el menú–. ¿Qué me recomiendas?

–Lo que sea –respondió él enseguida–. Depende de lo que más te apetezca.

Emily dejó el menú al cabo de un momento.

–Ya he elegido –dijo–. Quiero que elijas tú por los dos... Confiaré en tu elección.

Él se encogió de hombros y le sonrió.

–Muy bien, si te gusta el riesgo... Allá vamos. Aunque me gusta creer que una mujer está segura conmigo.

En ese momento volvió el camarero, y mientras Giovanni pedía el vino, Emily miró por la ventana y se meció ligeramente al ritmo de la melodía popular que tocaba el pianista. El hotel estaba emplazado en un lugar privilegiado, en lo alto de la escalinata de la Plaza de España, con unas vistas fabulosas sobre los tejados de la ciudad antigua. Emily volvió a sentirse agradecida. Nunca habría dado con aquel restaurante por sí misma, y en aquel momento, con las estrellas empezando a aparecer en el cielo nocturno y las velas confiriendo un ambiente íntimo y acogedor, Emily se sintió transportada a una isla encantada de la que no quería ser rescatada... de momento.

–He pedido vino blanco, Emily –la voz de Giovanni irrumpió en su ensoñación–. Y para cenar, atún a la parrilla con tomates y aceitunas de Taggia, seguido de lechón y ensalada.

–Estupendo –dijo Emily.

–El postre lo decidiremos más tarde... La mousse de chocolate tiene merecida fama.

–Si me queda algún hueco, eso será lo que pida –afirmó Emily.

–Lo sabía –dijo él con una sonrisa–. Por eso te lo he mencionado...

Emily bajó un instante la mirada. Giovanni estaba demostrando conocerla muy bien, por lo que más le valdría tener cuidado con lo que dijera. Aquel hombre parecía tener la asombrosa habilidad de penetrar en su mente sin el menor esfuerzo, y cada vez se adentraba más en su personalidad. En otras circunstancias sería preocupante, pero por aquella noche podía relajarse y disfrutar. No había ningún peligro en aceptar su debilidad, y además le gustaban las sensaciones que Giovanni le inspiraba. No sólo se sentía apreciada sino también... deseada. En cualquier caso, aquella inofensiva velada pronto pasaría a la historia y no tendría ninguna trascendencia ni consecuencia en su vida. Por eso se permitía disfrutar. Al día siguiente a esas horas estaría de regreso en su piso, sola, porque Coral pasaría el fin de semana con sus padres, y sólo pensaría en deshacer el equipaje y hacer la colada.

El camarero les sirvió el vino y Giovanni levantó su copa.

—Brindemos por... esta noche —murmuró.

Emily levantó su copa y brindó con él.

—Por esta noche —repitió. Tomó un sorbo y dejó que las burbujas le hicieran cosquillas en el paladar—. Está delicioso.

Llegó la comida y Emily miró su plato con asombro.

—No sé si podré comerme todo esto...

—Inténtalo —la animó Giovanni mientras desplegaba su servilleta—. Te vendría bien poner un poco de peso, Emily.

Por supuesto no lo decía en serio, y se arrepintió de haberlo dicho mientras observaba su figura. Emily era muy delgada, pero tenía unas curvas exquisitas en los lugares adecuados.

—¿Cuál será tu próximo destino? —le preguntó.

Emily volvió a tomar un sorbo de vino.

–No estoy segura. Lo sabré cuando vuelva al trabajo el lunes. Normalmente paso una semana en la oficina después de cada viaje –dejó la copa y volvió a agarrar los cubiertos–. ¿Y qué me dices de ti, Giovanni? ¿Cuándo tienes previsto marcharte de Roma? –nada más decirlo deseó haberse mordido la lengua, porque con aquella pregunta parecía estar indagando sobre el paradero de Giovanni en Londres.

–Seguramente vaya a Londres la semana que viene –se inclinó para llenarle la copa a Emily–. Tengo un apartamento en Londres, por lo que puedo ir siempre que me apetezca.

Un apartamento en Londres, pensó Emily. Y también había dicho que tenía otro en Roma... Debía de gozar de una posición bastante acomodada. Ella no podría permitirse tener un piso propio en Londres. Su única alternativa era compartir el alquiler y los gastos con Coral.

En aquel momento empezó a sonar su móvil, y Emily frunció el ceño mientras lo buscaba en el bolso. Temía que fuera Coral para contarle algo malo sobre su cita.

Pero no era Coral. Era Paul. Y Emily sonrió inconscientemente al oír la voz de su hermano.

–Hola, Emmy –la saludó–. Sólo quería saber cómo estás. Vuelves a casa mañana, ¿no?

–¡Paul! –exclamó, sonriéndole fugazmente a Giovanni–. Me alegro de oírte.

–¿Ha ido todo bien? ¿Conseguiste orientarte en Roma? ¿Dónde estás ahora?

–Todo va... maravillosamente –respondió Emily–. Estoy en un restaurante precioso, disfrutando de una cena deliciosa...

–¿Está Coral contigo? ¿Puedo hablar con ella? –le preguntó Paul. Él y Coral siempre se habían llevado muy bien.

–Bueno, el caso es que... Coral no está conmigo. Esta noche nos hemos ido cada una por nuestro lado.

–¿Y eso? ¿Estás sola?

–No, no exactamente. Estoy cenando con... con un amigo.

Hubo un breve silencio al otro lado.

–¿Algún conocido?

–Más o menos –volvió a sonreírle a Giovanni, deseando que Paul no se preocupara tanto por ella–. Se llama Giovanni... Giovanni Boselli, y me ha ayudado a encontrar los hoteles. Ahora estamos cenando y... Paul, tengo que enseñarte Roma algún día. Te encantará.

Podía imaginarse la expresión de su hermano.

–Bueno... –murmuró él–. Pues que lo pases bien y que tengas un buen viaje mañana, Emmy –hizo una pausa y bajó la voz–. Ten cuidado, Emmy –otra pausa–. Papá te envía saludos, por cierto.

Se despidieron y Emily volvió a guardar el móvil en el bolso. No miró a Giovanni, pero sabía que él no le había quitado los ojos de encima. Decidió no decirle que Paul era su hermano. Que pensara lo que quisiera...

Giovanni sintió una punzada de celos al ver cómo brillaban los ojos de Emily mientras hablaba con un hombre por teléfono. Debía de ser alguien especial, aunque ella había dicho que no tenía ninguna relación en esos momentos.

Al acabar la cena, sin que ninguno probase el mousse de chocolate, ya era casi medianoche. Abandonaron de mala gana el restaurante y volvieron a donde Giovanni había aparcado el coche. Emily suspiró y respiró hondo mientras levantaba la vista al cielo.

–Ha sido una velada perfecta para acabar mi viaje. Gracias, Giovanni.

–Ha sido un privilegio contar con tu compañía, Emily –respondió él, y no había el menor atisbo de burla en sus palabras.

Lo que pasó en los instantes siguientes quedaría como un recuerdo borroso en la mente de Emily. De pronto, se torció el tobillo y cayó hacia delante con tanto impulso que extendió los brazos para intentar agarrarse a algo. Giovanni iba pegado a ella, pero no consiguió detenerla y Emily se dio de bruces contra el suelo. Giovanni maldijo en voz alta y se agachó rápidamente para levantarla.

Emily intentó poner el pie en el suelo, pero soltó un grito de dolor y se apoyó contra Giovanni, quien la sujetó fuertemente.

–¿Qué ha pasado? –preguntó, apretando los dientes para sofocar otro grito–. ¿Con qué he tropezado?

Giovanni miró el pavimento sin soltarla.

–Las losas están en muy mal estado. Mira ésa de ahí... Seguramente te hayas tropezado con ella –miró a Emily y apoyó la barbilla en su cabeza por un instante–. ¿Cómo estás, Emily? ¿Crees que puedes apoyar el pie?

El tobillo le dolía terriblemente y la cabeza le daba vueltas.

–Ya me ha pasado otras veces –dijo, esperando no desmayarse en público–. Tendré que ir con más cuidado –apoyó todo su peso en Giovanni y lo miró a los ojos, y él vio a la luz de las farolas que se había puesto pálida.

–Vamos –la apremió–. Estamos muy cerca de mi piso. Tienes que sentarte y recuperarte –la rodeó firmemente por la cintura y casi la llevó en volandas por la calle, sin darle opción a protestar. En un par de minutos llegaron a un arco de piedra bajo el que se accedía a un bloque de viviendas.

–Mi casa está en la planta baja –dijo Giovanni–. No tendrás que subir escalones.

El exterior del edificio era muy discreto, pero por dentro ofrecía un aspecto muy distinto. Giovanni llevó con cuidado a Emily al salón y la acomodó en un sofá.

–Eso, eso, pon los pies en alto y echemos un vistazo a ese tobillo.

Encendió todas las lámparas del salón y Emily comprobó, maravillada, que estaba lujosamente amueblado.

Giovanni se acercó y se arrodilló junto a ella. Sin quitarle la sandalia, agarró su tobillo con mucho cuidado.

–¿Puedes moverlo? –le preguntó–. Intenta girarlo de lado a lado, despacio –lo examinó de cerca–. Está muy hinchado.

–Seguro que no está roto dijo Emily–. Y ya te dije que no es la primera vez que me pasa –lo miró con pesar–. Siento las molestias, Giovanni...

–No ha sido culpa tuya. Le podría pasar a cualquiera –le estuvo masajeando el pie unos minutos–. Está caliente. Voy a traerte hielo... –se levantó y la miró, aliviado al comprobar que había recuperado el color de sus mejillas–. ¿Te apetece un vaso de agua o alguna otra cosa?

–Sí, un poco de agua, por favor –le respondió con una sonrisa. Se le habían pasado los mareos y sus latidos habían recuperado el ritmo normal.

Mientras Giovanni iba a la cocina, Emily aprovechó para recorrer el salón con la mirada. Se podía comprobar a simple vista que era la vivienda de un hombre, pues los únicos objetos decorativos eran unas fotos enmarcadas en un armario de caoba. Una de ellas mostraba a dos niñas pequeñas en una playa y otra persona abrazando a un perro. Delante había otra foto de una mujer con bonitos ojos oscuros y una radiante sonrisa. Debía de ser alguien especial para Giovanni... seguramente alguna de sus muchas novias.

Entonces se fijó en una pequeña foto de Giovanni con el brazo alrededor de la misma chica, quien lo miraba con adoración.

Justo en ese momento volvió Giovanni y Emily bebió agradecida el agua que le ofrecía, mientras él le colocaba el hielo alrededor del tobillo.

—Esto te sentará bien —dijo, sujetándolo con dos cojines—. Después te llevaré en coche al hotel. ¿Tienes que madrugar mañana? ¿A qué hora sale tu vuelo?

—A las dos de la tarde, si no recuerdo mal —respondió ella. De repente le parecía estar soñando. El día estaba resultando de lo más inesperado, y aún no podía creerse que estuviera en casa de Giovanni, pero ella estaba disfrutando de cada minuto que pasaba en su compañía.

Él seguía arrodillado en el suelo, presionándole el hielo contra el pie y dedicándole una sonrisa de vez en cuando. Emily miró por encima de su hombro y señaló las fotos.

—¿Eres aficionado a la fotografía? —le preguntó en tono natural, confiando en que le dijera quiénes eran las personas retratadas.

—No mucho —respondió él con el mismo tono—. No soy de esas personas que están siempre sacando fotos de todo lo que ven y que luego llenan su casa con miles de álbumes —se echó hacia atrás—. Pero a mi madre sí le gustan mucho, y siempre me está dando fotos nuevas para que las enmarque.

Emily lo miró fugazmente, y la expresión que vio la hizo lamentarse por haber sacado el tema. Giovanni ya había insinuado que existían puntos de fricción en su familia.

Por su parte, Giovanni pensaba en lo irónico de la situación. Emily era una mujer muy hermosa, le gustaba todo lo que iba descubriendo de ella, disfrutaba con su compañía, ya se había imaginado haciendo el amor con ella... ¡Y allí la tenía, tendida en el sofá con una torcedura en el tobillo!

Qué diferente habría sido todo si la hubiese invitado a su casa para una cena íntima. Habrían hablado hasta altas horas de la noche, y quizá habrían contemplado el amanecer desde su cama...

Al cabo de un rato, Emily se levantó del sofá e intentó apoyar el pie en el suelo. El masaje de Giovanni y el hielo parecían haber surtido efecto, porque apenas le dolía.

–Gracias, doctor Giovanni –le dijo–. Parece que ya puedo caminar.

Él se levantó y la sujetó por la cintura.

–Muy bien, pero no te muevas mientras voy a por el coche.

Mientras esperaba, Emily se acercó cojeando al armario y miró atentamente a la chica de la foto. La expresión de su rostro era tan radiante que se podía adivinar fácilmente en qué había estado pensando cuando le sacaron la foto.

Fuera quien fuera, era una presencia viva en aquella casa y en la vida de Giovanni. Por algo la había colocado allí, frente a las otras fotos.

Se dio la vuelta y se encogió de hombros. ¿Qué le importaba a ella esa chica?

Capítulo 4

SABES qué hora es? –preguntó Coral–. Empezaba a preocuparme por ti.

Había estado dormitando en la cama con un libro abierto sobre el pecho, pero ahora que Emily había vuelto estaba completamente despejada y lista para tener una larga charla–. ¿Adónde fuiste? ¿Qué tal fue la compañía de Giovanni? ¿O quizá no deba preguntarlo?

Emily deseó más que nunca tener su propia habitación en vez de compartir una con Coral. No le apetecía en absoluto soportar el implacable interrogatorio de su amiga. Pero sabía que no le quedaba más remedio.

–Cenamos en un restaurante muy bonito –le dijo–. Había un pianista que estuvo tocando mis temas favoritos –se dirigió hacia el cuarto de baño–. ¿Pero qué me dices de ti? ¿Nico cumplió con las expectativas?

–Ellie... ¡Es perfecto! Estuvimos paseando por la ciudad, me enseñó un montón de sitios donde tú y yo no habíamos estado. Fuimos a la Fontana di Trevi y arrojé una moneda al agua para pedir un deseo. Luego nos sentamos en la terraza de un pequeño restaurante y tomamos una cena sencilla... Nada ostentoso, porque dudo mucho que sea un hombre rico. Pero, Emmy, es tan... tan especial. Hacía que me sintiera como una princesa –su expresión se puso triste por un momento–. Steve nunca me trataba así... Nunca. Pero Nico es tan encantador... Quería saberlo todo sobre mí. Lo que hago, dónde vivo... –se detuvo para tomar aliento–. ¿Y sabes qué? ¡Va a venir a Inglaterra, seguramente el mes que viene, sólo para verme! ¿Qué te parece? –se recostó sobre la almohada–. Nunca imaginé que podría conocer a alguien que me hiciera sentir tan... tan romántica –miró a Emily–. Creo que estoy enamorada. ¿Te parece que estoy loca?

–Sí –respondió Emily. Entró en el cuarto de baño y cerró tras ella.

Permaneció un largo rato bajo el agua caliente, antes de empezar a enjabonarse. Coral era demasiado sugestionable, pensó. Siempre sacaba las cosas de contexto, especialmente las atenciones que recibía de un hombre. Nico podía ser un hombre encantador, pero era mucho más joven que ella y se estaba aprovechando de una mujer inglesa tan vulnerable como impresionable. Y Coral pensaba que iba a ser el gran amor de su vida...

Salió de la ducha y se secó vigorosamente. De repente no quería estar allí. Se miró al espejo mientras se frotaba con cuidado el pelo mojado. Sabía muy bien por qué se sentía tan desgraciada y abatida. Y no tenía nada que ver con el entusiasmo y la inmadurez emocional de Coral. La única razón era Giovanni Boselli y los sentimientos que él le inspiraba. Había caído bajo el hechizo de un experimentado italiano, curtido en el arte de la seducción. La hacía sentirse especial... igual que a la chica de la foto y a muchas otras.

Se puso la bata y volvió a la habitación. Coral seguía despierta y Emily supo que tendría que aguantar un rato de cháchara antes de poder dormir. Agarró el secador e intentó esbozar una sonrisa.

–¿Ha estado Nico en Inglaterra? –le preguntó a Coral–. ¿Conoce a alguien allí?

–No, a nadie. Por eso le he dicho que podía quedarse

con nosotras... Sólo será una semana más o menos, Ellie.

Emily hizo una mueca.

—Coral... no deberías tomarte tantas libertades a la hora de invitar a alguien. Sólo tenemos un sofá cama en el salón, recuerda.

—Ya se lo dije, y no le importa en absoluto —suspiró—. Va a enseñarme italiano... He aprendido algunas frases durante la cena —se incorporó y se abrazó a las rodillas—. Y ahora háblame de Giovanni. No me puedo creer que mi noche haya sido más emocionante que la tuya.

Emily le contó algunos detalles, como la caída que había sufrido en la calle. Pero cuando le dijo que Giovanni la había llevado a su casa, Coral dio un brinco en la cama.

—¿Fuiste a su casa? ¡Ellie! ¿Cómo no me lo has dicho antes? ¿Cómo era su casa... y cómo era él?

—No sé lo que estás insinuando —dijo Emily—, pero su piso está en un bloque de lujo y está amueblado con un gusto exquisito. Y el único contacto que tuvimos fue cuando me puso hielo en el tobillo. Muy romántico, como puedes ver —dijo en tono sarcástico.

—Mala suerte... Te volviste a torcer el tobillo —repuso Coral, muy seria—. Ya es la tercera vez que te ocurre... ¡Y la próxima vez no estará Giovanni para rescatarte!

A la mañana siguiente tenían mucho tiempo libre hasta la hora del vuelo, así que, después de desayunar, hicieron tranquilamente el equipaje y bajaron a recepción a esperar el taxi.

—Nico tiene el día libre —dijo Coral, mirando al apuesto italiano que ocupaba el mostrador—. ¿De dónde sacarán a tantos hombres guapos? —preguntó en voz baja—. ¡Míralo!

Emily suspiró.

—Creo que es hora de volver a Londres... —dijo, aliviada de volver a tener los pies en la tierra. Pasaría mucho tiempo hasta que pudiera olvidar la hipnótica mirada de Giovanni, pero se sentía mucho más segura y despejada y de nuevo volvía a tener sus emociones bajo control. No como la noche anterior y sus ridículos desvaríos de colegiala. La única molestia era un ligero dolor en el tobillo. Un recordatorio para mirar bien dónde pisaba.

Llegaron al aeropuerto con tiempo suficiente, y después de facturar el equipaje Coral le dijo que iba al aseo.

Emily miró a su alrededor. El aeropuerto de Roma no estaba tan abarrotado como el de Heathrow, y las colas en los mostradores estaban formadas principalmente por turistas. Echó un vistazo a los monitores, pero su vuelo aún no estaba anunciado, de modo que aún le quedaba un buen rato de espera.

De repente vio a Giovanni. Estaba en el otro extremo de la terminal, mirando a su alrededor. A Emily le dio un vuelco el corazón y tardó unos momentos en reaccionar. ¿Por qué tenía que ofrecer siempre un aspecto tan arrebatador, aunque vistiera con ropa informal?

Finalmente consiguió levantarse y se acercó lentamente a él. Giovanni la vio enseguida y una sonrisa apareció en su rostro. Llevaba un bonito ramo de rosas rojas.

—Giovanni... —empezó ella, intentando adoptar una voz tranquila y normal—. ¿Qué... qué haces aquí?

—Tenía que ver cómo estabas hoy, Emily —respondió él tranquilamente. No iba decirle que había permane-

cido en vela casi toda la noche, pensando en ella. Año-
rándola. Deseándola. Le puso una mano en el hombro–.
Estaba preocupado por tu tobillo... Que tuvieras problemas para caminar –le ofreció las flores–. Para ti... Por
si puedes perdonarme.

Emily aceptó las flores y olió su exquisita fragancia.

–¿Perdonarte? ¿Por qué, Giovanni?

–Me siento culpable, Emily. Anoche confiaste en
mí... Debería haber visto esa losa que estaba suelta
en la acera... Y haber impedido que cayeras.

Emily le sonrió.

–No tienes que sentirte responsable, Giovanni. Fue
sólo culpa mía. Ya dije que no era la primera vez que
me pasaba. ¡Debería aprender a tener más cuidado!
–volvió a mirar las rosas–. Pero estoy encantada de que
me hayas regalado estas flores. Muchas gracias, Giovanni. Son preciosas. Pero no te sientas culpable, en serio. Debería haber mirado por dónde pisaba.

No se había esperado verlo aquel día, pero no podía evitar sentirse halagada, y excitada, por su repentina aparición. A pesar de todas las advertencias que
se había hecho a sí misma contra el peligroso encanto
de los italianos, Giovanni le resultaba una compañía
muy agradable. Y además, sólo estaba siendo amable.

En ese momento volvió Coral de los aseos, y cuando
los vio a los dos tuvo una reacción bastante previsible.

–Oh, Dios mío... Gio... –exclamó, abriendo los ojos
como platos.

–Giovanni estaba preocupado por mi tobillo –se
apresuró a explicarle Emily–. Así que ha venido a asegurarse de que todo... iba bien. ¿Verdad que ha sido un
detalle muy amable por su parte?

–Y tanto que sí –corroboró Coral, mirándolos con

descarado interés–. No te preocupes, Gio. Me aseguraré de que Ellie vuelva a casa sana y salva.

Giovanni le ofreció una de sus letales sonrisas.

Finalmente llegó la hora de despedirse y embarcar.

–Buen viaje –dijo él, mirando fijamente a Emily–. Estaremos en contacto, Emily... –añadió en voz baja y sensual.

Se marchó rápidamente sin mirar atrás, y Coral se quedó mirando cómo se alejaba.

–Para chuparse los dedos... –dijo tristemente–. Has triunfado, Ellie. No podía quitarte los ojos de encima.

–Tonterías –murmuró Emily–. Estaba preocupado por mi tobillo y por eso se ha tomado la molestia de buscarme en el aeropuerto. Para quedarse tranquilo, eso es todo.

Cuando llegaron a casa, Coral fue a ver a sus padres y Emily sacó la tarjeta de Giovanni del bolso para llamarlo por teléfono. Sólo lo hacía por cortesía, naturalmente, ya que apenas se habían despedido en condiciones.

Giovanni respondió casi enseguida.

–Ah, Emily... –cada vez que pronunciaba su nombre a Emily le temblaban las rodillas.

–Quería... quería decirte que hemos llegado a casa sin problemas y... darte otra vez las gracias por las rosas. Son realmente preciosas. No deberías mimarme de esa manera, pero aun así te lo agradezco mucho. ¿Qué he hecho para merecerlas?

Giovanni esperó un momento antes de responder.

–Todas las mujeres hermosas merecen que se las mime.

Emily sacudió ligeramente la cabeza. ¿A cuántas mujeres les habría dicho lo mismo?

–Me alegro que hayas llamado, Emily, porque me acaban de comunicar que debo ir a Inglaterra la semana que viene. Sólo serán unos días, y me encantaría volver a verte.

Emily se mordió el labio. Aquello estaba mal, muy mal, y ella lo sabía. Durante todo el vuelo de regreso había intentado convencerse de que su relación con Giovanni no tenía ningún futuro. No era porque no confiase en él, sino más bien porque no confiaba en sí misma ni en las relaciones en general. El problema era que sería imposible no verse, ya que Giovanni iba con frecuencia a Londres y cada vez sería más difícil negarse a verlo. En cualquier caso, la lista de mujeres de Giovanni era tan amplia que muy pronto perdería todo interés en ella. No, gracias. No estaba dispuesta a pasar otra vez por lo mismo.

Guardó silencio unos segundos, intentando encontrar las palabras adecuadas. El día anterior había disfrutado mucho con la cena, el ambiente del restaurante, el paseo posterior... a pesar de haber acabado como acabó. Recordaba demasiado bien la sensación de sus brazos alrededor de ella, sujetándola con firmeza después de la caída, el tacto de sus manos, fuertes y cálidas, masajeándole el tobillo.

Carraspeó un par de veces antes de hablar.

–Me ha encantado haberte conocido, Giovanni. Lo he pasado muy bien, pero... me temo que voy a estar muy ocupada la semana que viene. No creo que tenga tiempo para vernos. Lo siento.

Giovanni sonrió para sí mismo. Reconocía una excusa cuando la oía.

–No pasa nada –dijo tranquilamente–. Lo entiendo.

Siguieron charlando unos minutos más antes de despedirse. Emily se quedó sentada, mirando el teléfono en silencio. Había sido muy fácil, pensó. Giovanni había aceptado su negativa a verlo de nuevo y no había intentado persuadirla para que cambiase de opinión. Ni siquiera se había molestado en prolongar la conversación más allá de lo necesario.

Había sido toda una experiencia estar con él. Breve, pero muy intensa.

De pie junto a la ventana de su casa, Giovanni sonreía. Lo aguardaba un desafío tremendamente excitante. La *signorina* Emily pretendía ponérselo difícil, pero no había ninguna duda de quién saldría vencedor. Era obvio que a ella le gustaba, aunque sólo fuera un poco. De modo que tendría que trabajar muy duro para avivar esa incipiente atracción que ya sentía por él... hasta que ambos ardieran en esa pasión que lo estaba consumiendo desde que la viera por vez primera en la tienda. Emily parecía iluminar el espacio que la rodeaba con un aura mágica, y él ansiaba acercarse lo suficiente para compartir esa luz.

Se mordió el labio, pensativo. La próxima semana estaría en Inglaterra. Sabía dónde trabajaba Emily, y además tenía su número de teléfono. Por muy ocupada que estuviera, encontraría tiempo para él. De eso no tenía la menor duda.

Se sirvió un trago y levantó el vaso en un brindis.

–Por nosotros, Emily... Por ti y por mí. Y por la diosa Fortuna.

Capítulo 5

NO PUEDES fallarme esta noche, Emily —le dijo Justin—. ¡No en mi cumpleaños!

Emily levantó la mirada, intentando contener su irritación. Justin no aceptaba un no por repuesta, y empezaba a hacer mella en sus nervios. Lo peor era que trabajaban codo con codo, por lo que Justin era una presencia constante y engorrosa en la atestada oficina. Por no mencionar que era el hijo del jefe... lo que hacía doblemente difícil rechazarlo. Pero a Emily no le gustaba en absoluto, y no le hacía ninguna gracia estar con él a solas fuera de la oficina.

—¿Cuánta celebración necesitas, Justin? —le preguntó con una sonrisa forzada. Todo el personal se había reunido en un bar para celebrar su cumpleaños, y alguien había llevado una tarta para acompañar el té de la tarde.

Justin la miró con expresión pensativa. No podía entender su negativa. Había intentado muchas veces que saliera con él, y nunca lo había rechazado nadie. Pero Emily era distinta a las otras. Hasta donde él sabía, no había salido con nadie de la oficina. Frunció el ceño mientras la observaba. Siempre ofrecía un aspecto fantástico con su traje negro, camisa blanca y zapatos de tacón.

—Pensaba que quizá podríamos rematar el día a lo grande —dijo en un tono ligeramente burlón—. Hacer algo digno de ser recordado.

Emily devolvió la atención al ordenador. Ya había decidido que no iría con Justin a ninguna parte, pero tampoco quería ofenderlo. Era un tipo simpático, aunque su insistencia empezaba a resultar pesada.

—Seguro que hay muchas mujeres dispuestas a complacerte esta noche, Justin —le dijo—. Pero me temo que ya tengo un compromiso para esta noche —removió unos papeles en su mesa—. Va a venir alguien a cenar a casa. Hace tiempo que lo tenemos previsto y no puedo cambiar los planes con tan poco tiempo.

Justin la miró un momento en silencio.

—No te creo.

Emily se enfureció. ¿Cómo se atrevía Justin a dudar de ella? Pero en cualquier caso ya era demasiado tarde. Le había contado una mentira y ahora tendría que afrontar las consecuencias.

—Cree lo que quieras —le dijo, poniéndose colorada—, pero esta noche no puedo salir contigo. Y aún tengo mucho que hacer, así que si no te importa...

Había sido un día de mucho trabajo para todo el mundo, y no fue hasta pasadas las siete de la tarde cuando el personal se marchó finalmente de la oficina.

—¿Qué tienes preparado para esta noche, Justin? —le preguntó un colega mientras se despedían en la calle—. ¿Algo especial?

—Iba a ser algo especial —respondió Justin, mirando a Emily—. Pero me han rechazado. En cualquier caso, no voy a pasar la noche en solitario... De eso puedes estar seguro.

Los demás se fueron cada uno por su camino, pero Justin tomó la misma dirección que Emily mientras se alejaban por la calle. A ella no le hizo ninguna gracia, pero apenas habían dado unos pasos cuando una voz la llamó por su nombre desde un portal.

Emily estuvo a punto de soltar un chillido de asombro... y de regocijo.

—¡Giovanni! —exclamó, y sin dudarlo un instante se arrojó en sus brazos, se abrazó a su cuello y le ofreció la boca para que la besara. Y Giovanni tampoco lo dudó. La rodeó por la cintura la levantó en el aire mientras la besaba en los labios.

—Emily... —la volvió a dejar con cuidado en el suelo, pero ella lo interrumpió antes de que pudiera seguir hablando.

—Giovanni, éste es Justin... un compañero de trabajo —se volvió hacia Justin con expresión triunfal—. Giovanni, te presento a Giovanni Boselli.

Justin carraspeó torpemente y a duras penas consiguió disimular su desconcierto. Nunca se hubiera imaginado que Emily pudiera ser tan efusiva.

—Encantado de conocerte, Giovanni —murmuró—. Supongo que tú eres la cita de Emily... Bueno, espero que lo paséis bien. He oído que Emily es una estupenda cocinera, así que no quedarás decepcionado.

Giovanni comprendió rápidamente la situación y no dudó en sacar aprovecho. Hasta ese momento se había preguntado qué clase de recibimiento obtendría de Emily, pues había decidido sorprenderla en vez de darle tiempo para que se inventara otra excusa. ¡Y al parecer había surtido efecto!

—Emily nunca me ha decepcionado en nada —dijo, sonriéndole a Emily con un brillo muy prometedor en los ojos.

—Bueno, pues que lo paséis bien —repitió Justin—. Te veré el lunes, Emily.

En cuanto Justin se perdió de vista, Emily se zafó de Giovanni, quien no hizo el menor intento por impedírselo y se limitó a sonreírle.

–No sabía que me echaras tanto de menos, Emily...
–le dijo en tono sarcástico, pero enseguida se puso serio–. Supongo que habrá sido una especie de engaño,
¿no?

Emily lo miró mientras caminaban hacia la estación
de metro. Giovanni iba tan impecable como siempre,
con un traje negro y una camisa gris, aunque llevaba la
corbata aflojada.

–Sí, así es. Lo siento si te he avergonzado, pero Justin no dejaba de acosarme para que saliera con él esta
noche, alegando que es su cumpleaños, y al final tuve
que decirle que había invitado a cenar a alguien en mi
casa. Naturalmente no me creyó, así que cuando te he
visto he actuado sin pensar... ¡No podía desaprovechar
la oportunidad!

–Para mí es un honor estar siempre a tu servicio
–dijo él, entrelazando el brazo con el suyo. Emily sintió
un hormigueo en los pechos y aceleró el paso.

–¿Cómo sabías dónde encontrarme? –le preguntó,
sin atreverse a mirarlo–. No te dije dónde trabajaba...

–Conocía tu agencia, pero no la sucursal –dijo él–,
así que me arriesgué a entrar en tu edificio y preguntar
si Emily Sinclair trabajaba allí. La chica de recepción
me dijo todo lo que necesitaba saber. Mi oficina está
sólo a diez minutos a pie y llevo allí varios días, así que
no me supuso mucho esfuerzo. Pero si no te hubiera encontrado ahí, habría probado en las otras sucursales
hasta dar contigo.

–Podrías haberme llamado.

–¿Cómo, para que me rechazaras? –preguntó él–. Ni
hablar –la agarró con firmeza del codo para cruzar la
calle–. Y ahora que estoy aquí, no te queda más remedio que ser mi cita para esta noche. Tengo algunas sugerencias...

Emily estaba hecha un lío. La aparición de Giovanni la había conmocionado en todos los sentidos. En los días que habían transcurrido desde su separación no había dejado de pensar en él, y aquel inesperado reencuentro amenazaba con desbaratar sus planes para preservar su aislamiento emocional. «Acuérdate de Marcus», se decía a sí misma. «Acuérdate de cómo te sentiste cuando rompió contigo porque se enamoró de otra. ¿Volverías a soportar lo mismo?».

Por desgracia, como bien había señalado Giovanni, aquella noche no podría librarse de él tan fácilmente, de modo que más le valdría afrontar la situación de la mejor manera posible.

Apartó sus pensamientos y miró a Giovanni mientras se mezclaban con el resto de pasajeros del metro.

–Creo que te debo una, Giovanni –le dijo–. Una comida, quiero decir –añadió rápidamente–. Si confías en mis dotes culinarias, estaré encantada de hacer los honores... La verdad es que estoy muy cansada y no me apetece salir a ningún sitio.

–Por mí, perfecto –le aseguró él–. Espero que a Coral no le importe que invada su espacio.

–Coral se ha ido a Gales a ver a sus padres y no volverá hasta el domingo –evitó mirarlo mientras le hablaba. Sólo estaba siendo amable, dejándole muy claro que su única intención era agradecerle su generosidad con una cena. No podría compararse a la cena que tomaron en Roma, pero Emily se defendía bastante bien en la cocina. Era ella la que cocinaba cuando estaba con Coral en casa.

El piso que compartían estaba situado en una tranquila calle residencial, alejada del centro. Emily abrió la puerta y miró a Giovanni.

–Me temo que no es tan grande como el tuyo –le dijo.

Él la siguió al interior y miró a su alrededor.

–Es muy acogedor, Emily... Perfecto para dos chicas trabajadoras.

El piso sólo constaba de un salón, dos dormitorios, una pequeña cocina y un cuarto de baño en el que apenas había espacio para una ducha y poco más.

–Algún día tendré mi propia casa –afirmó Emily–, pero de momento he de conformarme con esto. Al compartir el alquiler y los gastos con Coral puedo ahorrar, al menos –le sonrió a Giovanni, quien estaba de pie con las manos en los bolsillos, mirándolo todo.

–Es muy bonito –dijo–. El tipo de lugar en el que te imaginaba viviendo, Emily.

Se había fijado en las caras cortinas que colgaban de las ventanas, los ostentosos cojines desperdigados por los sillones y los cuadros enmarcados en la pared, tres de los cuales provistos de iluminación. Se acercó para examinarlos con ojos entornados. Eran acuarelas de bonitos paisajes pastoriles y marítimos.

–No reconozco ninguno de estos cuadros –dijo.

–Claro que no –respondió ella–. Porque los he pintado yo.

Giovanni estaba impresionado. Aquellas pinturas eran dignas de exhibirse en una galería, y entonces recordó que Emily había trabajado en una.

–Son geniales, Emily –dijo lentamente–. Tienes un don, pero seguro que ya lo sabes. ¿Cómo es que lo desperdicias trabajando para una agencia de viajes?

–Estudié Bellas Artes en la universidad, y nunca he sido más feliz que con un pincel en la mano, pero tendría que ser mucho mejor de lo que soy, y tener mucha más suerte, para poder vivir de mis cuadros –se dio la vuelta–. Tal vez algún día pueda dedicarme exclusivamente a la pintura, pero para eso aún falta mucho... Me haría falta un golpe de suerte, como ganar el premio gordo en la lotería, y ni siquiera juego.

—Tu familia... tu padre apreciará tu talento, supongo —dijo Giovanni, que seguía mirando los cuadros.

Emily sonrió.

—Supongo que sí, pero sólo porque yo soy su hija. Todos los padres creen que sus hijos son los mejores, ¿no? Por desgracia, no basta con la buena opinión de un padre. Por cierto, el mío instaló la iluminación para esos cuadros y para otros que tiene en casa.

—Yo no dudaría en recomendarte —declaró Giovanni—. ¿Has intentado vender algún cuadro?

—¡Claro que no! —exclamó Emily, horrorizada sólo de pensarlo—. Me daría muchísima vergüenza, y bastaría con un solo rechazo para que me olvidara para siempre de la pintura. No... Mis cuadros son para mí y para mis amigos más íntimos.

—Espero entrar en esa categoría —dijo Giovanni—, porque me encantaría tener un cuadro tuyo —se volvió hacia ella—. Y te pagaría lo que fuera —la miró fijamente a los ojos—. Es bueno para el alma regodearsc con las cosas bonitas...

Emily se sintió abrumada por el descarado halago y buscó algo que decir.

—Tengo que cambiarme de ropa y preparar la cena. Ponte cómodo, Giovanni —encendió la televisión y le entregó el mando—. Sírvete lo que quieras, aunque nuestro bar es bastante modesto —añadió mientras entraba en su habitación.

Giovanni le hizo caso y se sirvió un pequeño trago de whisky, antes de acercarse a la ventana y pensar en los sorprendentes acontecimientos de aquel día. Le había resultado increíblemente fácil seguir la pista de Emily, y se había quedado pasmado cuando ella se arrojó a sus brazos en medio de la calle... aunque enseguida le había aclarado el motivo que tuvo para hacerlo. Sonrió y le dio las gracias mentalmente a Justin. Si no fuera por él, ahora no estaría allí.

Se sentó en el sofá y encendió la televisión. Estuvo unos minutos cambiando de canal hasta que Emily volvió a aparecer, vestida con unos vaqueros ceñidos y una camiseta blanca, y con el pelo cayéndole suelto sobre los hombros. También parecía haberse quitado el maquillaje, y a Giovanni le gustó ver el brillo natural de su piel, pero prefirió no hacer ningún comentario sobre su aspecto. Era lo que normalmente hacía con las mujeres, y prácticamente todas respondían de buen grado, pero con Emily debía andarse con un cuidado especial. Era una mujer extremadamente sensata a la que no se podía seducir con halagos fáciles.

—Puedes refrescarte un poco mientras preparo la cena, si quieres. No tardo nada —le dijo, señalando el cuarto de baño—. No creo que necesites un mapa para moverte por el piso... Mi hermano iba a pasar la noche conmigo —dijo por encima del hombro mientras entraba en la cocina—. Pero no se sentía muy bien y ha preferido quedarse en casa. Siempre preparo algo especial cuando viene a comer, así que espero que te guste el menú de esta noche.

Giovanni sonrió.

—Seguro que sí, Emily. Sobre todo porque sólo he tomado un bocado a la hora del almuerzo.

Emily sacó dos grandes chuletas de ternera del frigorífico. Las había preparado por la mañana, antes de irse a trabajar, rebozadas en pan rallado con jamón y queso. Sólo necesitaban unos minutos al fuego y estarían listas. También había preparado patatas al horno con cebolla, mantequilla y crema.

Sonrió con satisfacción. Le encantaba cocinar, aunque casi nunca tenía tiempo para hacerlo, y de todos modos se ausentaba con frecuencia de casa. Pero aquello era lo que más le gustaba... Cocinar para dos. Normalmente lo hacía para ella y Coral, aunque a veces la acompañaba Paul o su padre.

Terminó de preparar las patatas y las metió en el horno justo cuando Giovanni se asomó por la puerta.

–No esperaba verte cocinar para mí, Emily... Pensaba invitarte a cenar en alguna parte.

–Ya lo hiciste cuando estábamos en Roma –le recordó ella–. Ahora me toca invitarte a mí. ¿Prefieres ensalada o verduras? Tú decides.

Giovanni la miró en silencio, pensando que su «decisión» nada tenía que ver con la comida. Se había atrevido a echar un vistazo a su dormitorio cuando fue al cuarto de baño, y su cama se le antojaba muy cómoda y tentadora. Pero sabía muy bien que sus deseos carnales no iban a verse satisfechos aquella noche, no con Emily Sinclair. Su vasta experiencia seductora le había enseñado que cada mujer tenía su propio ritmo, y que había que respetarlo.

Carraspeó e intentó concentrarse en la comida.

–Verduras –dijo.

–Muy bien. Esperaba que eligieras eso –repuso ella.

La comida estaba realmente deliciosa, y Giovanni no escatimó en alabanzas.

–No sólo tienes unas manos de oro para la pintura, sino también para la cocina –le dijo, estando los dos sentados en la diminuta mesa junto a la ventana. Estaba oscureciendo y Emily había encendido algunas luces en el salón, creando un ambiente íntimo y acogedor. Giovanni dejó los cubiertos y miró alrededor, sintiéndose muy cómodo y relajado–. Supongo que la decoración del piso es cosa tuya, ¿no, Emily?

–Así es –corroboró ella–. Coral es muy fácil de complacer y dejó que yo eligiera las telas para las cortinas y las fundas –empezó a recoger la mesa y se detuvo un momento, con los platos en la mano–. Pero hay algo en lo que no estamos de acuerdo... Se trata de Nico. ¿Te acuerdas de que fue Nico con quien Coral pasó la última noche en Roma? Bueno, pues no sólo se presentó en el aeropuerto para despedirse de ella, sino que la ha llamado por teléfono todos los días desde que volvimos a Londres para declararle su amor incondicional, y Coral, siendo como es, se lo está creyendo como una pobre incauta –suspiró–. No deja de llamarme para contarme todos los detalles. Odio ser tan crítica con ella, pero... ¿se puede ser tan ingenua?

–¿No crees en el amor a primera vista, Emily? –le preguntó él en tono suave.

–No. ¿Tú sí?

–Sí, yo sí... para algunas personas.

Emily se encogió de hombros.

–No me parece que Nico sea apropiado para Coral. Por amor de Dios... ¡Sólo han pasado unas horas juntos! Y él es mucho más joven que ella.

Fue a la cocina y volvió con un cuenco de fresas y una *fondue* de chocolate derretido. Encendió una cerilla y procedió a flamearlo.

–Espero que te guste el pudín –le dijo a Giovanni–. Es el postre favorito de mi hermano.

–No soy muy aficionado a los pudines –respondió él–. Pero no se me ocurriría rechazar éste.

Los dos guardaron silencio mientras mojaban las suculentas fresas en el chocolate caliente y se las llevaban a la boca sin dejar de mirarse el uno al otro. Había algo exquisitamente sensual en el chocolate, pensó Giovanni mientras veía cómo Emily saboreaba una fresa con de-

leite. Se fijó en que tenía una diminuta mancha de chocolate en la mejilla y, sin pensarlo, se inclinó hacia ella
para limpiársela muy suavemente con la servilleta. Le
acarició la piel con los dedos y le puso la mano bajo la
barbilla. Por un instante los dos permanecieron inmó-
viles, mirándose fijamente. Giovanni sintió cómo se le
aceleraba el pulso y Emily era un manojo de nervios.
Nunca había experimentado una sensación semejante,
tan intensa y vibrante, recorriéndole el cuerpo de la cabeza a los pies.

Entonces él se echó hacia atrás, sin dejar de mirarla,
y Emily consiguió apartar rápidamente la mirada. ¡Era
hora de preparar un café bien cargado!

–Gracias –le dijo, confiando en que su voz no dela-
tara sus nervios–. Sólo en casa te puedes poner perdida
de chocolate –añadió, intentando borrar el recuerdo de
los últimos segundos–. ¿Te apetece un poco de queso?

Él la siguió a la cocina, luchando contra los impulsos
de su cuerpo.

–No, no quiero que nada borre el sabor de un postre
tan delicioso.

–Entonces sólo tomaremos café –decidió ella.

Después de haber recogido los platos, volvieron al
salón y Emily sirvió el humeante café en dos tazas. Ya
sabía por otras veces que a Giovanni le gustaba solo y
sin azúcar.

–Ha sido una cena fantástica, Emily –le dijo él, man-
teniéndole brevemente la mirada–. Una velada maravillosa –añadió con voz profunda.

Emily removió rápidamente la crema en su taza, intentando no pensar en el comentario. Giovanni estaba
sentado junto a ella en el sofá, pero no había el menor
contacto físico entre sus cuerpos... afortunadamente.
Tomó un sorbo de café e intentó calmar sus nervios. No

podía permitir que Giovanni la siguiera afectando de aquella manera. ¿Con qué derecho criticaba el entusiasmo de Coral si ella no era capaz de resistirse a sus propios impulsos?

Más tarde, acabado el café, Giovanni miró su reloj.

–Tengo que irme –dijo–. Son más de las once y media –le sonrió a Emily y tuvo la sensación de haber dado un importante paso aquella noche.

Sólo había sido un paso, pero de momento era suficiente.

Se levantó y la miró desde arriba.

–¿Vas a quedarte en tu piso esta noche, Giovanni? –le preguntó ella.

–No, esta vez me alojo en un hotel, ya que sólo voy a estar aquí un par de días.

Ella también se levantó. No quería que Giovanni se marchara, pero tampoco quería que se quedara. Esperaba que Giovanni le propusiera pasar la noche juntos, y había ensayado en su cabeza la forma más elegante de rechazarlo. Pero por suerte no iba a ser necesario. Por mucho que él le gustara, y le gustaba de verdad, seguía pensando que Giovanni era un oportunista que no dejaba escapar la ocasión. Aunque también tenía que admitir que el comportamiento que había tenido con ella había sido impecable, y que cuanto más tiempo pasaba con él más atractivo le resultaba.

Se disponía a acompañarlo a la puerta cuando el teléfono empezó a sonar. Le extrañó recibir una llamada a esas horas y miró brevemente a Giovanni mientras agarraba el auricular. Era Coral, y tuvo que escuchar varios minutos de su entusiástica charla antes de poder abrir la boca.

–Genial... muy bien... Me alegro de que vuelvas... ¿Qué? Oh, bueno... De acuerdo... No, no es necesario.

Tenemos de todo, pero mañana iré a comprar de todos modos... ¿Lo has pasado bien con tus padres? –volvió a mirar a Giovanni y se encogió de hombros–. Estupendo... Nos vemos mañana, Coral.

Colgó lentamente y buscó la mirada de Giovanni.

–Coral vuelve a casa antes de lo previsto –levantó las manos en un gesto de resignación–. Pero antes va a pasarse por el aeropuerto para recoger a Nico... Va a quedarse con nosotras una semana.

Capítulo 6

A LA SEMANA siguiente, Emily salió muy temprano del piso sin hacer ruido para no despertar a Nico, que dormía en la habitación de Coral.

Recibió una llamada al móvil mientras iba de camino hacia el metro, y sonrió instintivamente al ver el nombre de Giovanni en la pantalla. La había llamado varias veces desde el viernes por la noche, no sólo para volver a darle las gracias por la cena, sino también para charlar de temas sin importancia. Y, a pesar de sí misma, Emily tenía que admitir que empezaba a esperar con impaciencia sus llamadas.

–*Buon giorno, signorina* –la saludó con su voz cálida y sensual.

–Hola, Giovanni... Es muy temprano... ¿No podías dormir?

–Bueno, sabía que tú ya estarías levantada, y quería darte los buenos días.

–Buenos días –respondió ella.

–¿Y Nico? ¿Cómo se está comportando?

–Se comporta bien cuando yo estoy en casa, al menos. Pero pasé casi todo el fin de semana en casa de mi padre, así que apenas lo he visto. Me pareció más sensato dejarlos a los dos solos.

–Muy amable por tu parte.

–Bueno... –murmuró ella. En realidad, no quería estar cerca de Nico. En cuanto Coral lo metió en casa el sábado por la mañana, Emily se había molesta por el encanto artificial del joven italiano.

–¿Coral está trabajando? –le preguntó Giovanni.

–Sí, trabaja en una de las agencias inmobiliarias más importantes de la ciudad, y en estos momentos tienen muchísimo trabajo, por lo que Coral apenas tiene tiempo libre para Nico. Él se entretiene solo durante el día, queda con ella para comer y luego se ven por la noche. Parece que se lo pasan muy bien juntos...

–Tiene suerte de poder quedarse en un piso tan acogedor como el vuestro –comentó Giovanni–. Y de que tú hayas estado dispuesta a acogerlo.

Emily puso una mueca de disgusto. Estaba muy enfadada con Coral por haber metido a un completo desconocido en un piso tan pequeño. Pero también era la casa de su amiga, de modo que no podía decir nada.

–Bueno, Giovanni, tengo que dejarte –le dijo cuando llegó al metro–. Muchas gracias por haberme llamado.

–De nada, Emily... Por cierto, hoy hace un día precioso... Me encantaría que estuvieras aquí y así poder llevarte al campo. Conozco un sitio muy bonito donde podríamos comer y tomar vino...

–¡Cállate! –le ordenó Emily–. Se me está haciendo la boca agua y ni siquiera he desayunado. Además... ¿no tendrías que estar trabajando, como todos los demás?

–Sí, por supuesto. Le prometí a Stefano que me haría cargo de la tienda más tarde, y esta noche tengo que asistir a una reunión familiar... De vez en cuando hay que pasar por ese mal trago. Y me temo que también estará Aldo.

–Ah, sí... Aldo –Emily recordaba muy bien al atractivo caballero que le habían presentado en Roma, y se preguntó por qué a Giovanni no le gustaba.

Al despedirse, Giovanni fue a la cocina para prepararse un café. Miró a su alrededor y no pudo evitar comparar su espaciosa cocina con el diminuto espacio donde Emily había preparado la cena. A pesar de la falta de comodidades se había desenvuelto a las mil maravillas y sin aparente esfuerzo. Giovanni se detuvo un momento y recordó cómo le había tocado la mejilla al limpiarle la mancha de chocolate. El deseo por tomarla en sus brazos y besarla en los labios mientras se apretaba contra sus apetitosas curvas había sido casi incontenible, y por un instante fugaz le había parecido sentir que ella deseaba lo mismo. ¿Cómo había podido desaprovechar la ocasión? No era propio de él refrenarse ante una oportunidad que se le presentaba en bandeja. Pero con Emily debía andarse con mucho cuidado si quería ganarse su respeto, su afecto y su cuerpo.

Suspiró mientras echaba el agua hirviendo en el café. Nunca había tenido la necesidad de ir despacio con una mujer, pues eran ellas las que solían arrojarse literalmente a sus brazos. Pero con Emily no podía estar tan seguro. Una coraza invisible impedía que los hombres se acercasen demasiado, y él tendría que encontrar la manera de superar sus inexpugnables defensas.

Lo malo era que estaban separados por miles de kilómetros, y una ausencia prolongada no era lo más beneficioso para una relación. Giovanni lo sabía por propia experiencia. Una llama sin oxígeno se consumía irremediablemente. Pero él no estaba dispuesto a que se apagara aquel fuego.

No era buena idea volver a Inglaterra tan pronto, pues Emily podría sentirse acosada o presionada. Pero tampoco podía dejar pasar mucho tiempo sin volver a verla, ya que la agencia podía enviarla al extranjero en cualquier momento. Emily le había dicho que tenían pensado enviarla a Estonia, pero no sabía cuándo. En esas circunstancias iba ser como intentar capturar una mariposa sin ayuda de una red.

Se mordió el labio y recordó al hombre con el que la había visto salir de la oficina. Justin. Parecía un buen tipo, decente y atractivo, y cualquier podría ver que estaba colado por Emily. Sin embargo, ella no parecía sentirse atraída por él. ¿Por qué? ¿Qué llave hacía falta para abrir el corazón de Emily? ¿Y dónde estaba esa llave?

El jueves por la tarde Emily llegó a casa mucho antes de lo habitual, pues su jefe había decidido que el personal se merecía un descanso después de llevar varios días trabajando a un ritmo frenético.

Emily estaba encantada. Se daría una larga y relajante ducha, acabaría el libro que estaba leyendo y luego se prepararía algo de cenar. Una de las pocas ventajas de la visita de Nico era que él y Coral siempre cenaban fuera, por lo que tendría todo el piso para ella sola durante varias horas.

Demasiado bonito para ser verdad... En cuanto entró en el salón, Nico se levantó del sofá y le dedicó una de sus sensuales sonrisas.

–Nico... No sabía que estarías aquí –dijo Emily, sintiéndose torpe e incómoda.

–Espero que no te importe –se apresuró a interrumpirla él–. Coral tiene que trabajar hasta tarde y me dijo que viniera a casa a descansar... Más tarde saldremos a cenar a Trattoria.

–Ah, sí, a veces comemos en ese restaurante –respondió Emily, intentando no mostrar su decepción porque sus planes se hubieran ido al traste . Sirven una comida excelente. Te gustará –se calló un momento–. ¿Te... te dijo Coral cuándo volvería a casa?

Nico se encogió de hombros.

–No estaba segura... Sobre las ocho, con suerte.

Emily ahogó un gemido de frustración. Sólo eran las cinco y media... ¿Cómo iba a aguantar a Nico en casa durante casi tres horas?

Se sintió culpable por pensar así... Seguramente Nico estaba agotado, después de haberse pateado las calles de Londres cada día y haber sufrido los empujones y agobios de la multitud. Además, tenía que reconocer que Nico no había molestado tanto como ella había temido, porque sólo lo veía unos minutos por la noche cuando él y Coral volvían a casa. Emily se iba a la cama casi inmediatamente después de haberlos saludado.

–Enseguida preparo un poco de té, o café, mejor –le dijo con una sonrisa fugaz mientras entraba en su habitación.

–*Grazie* –murmuró él, siguiéndola con la mirada.

Emily cerró la puerta tras ella y frunció el ceño. En vez de pasarse una hora en la ducha y pasearse desnuda por la casa tendría que resignarse a lavarse la cara, cambiarse de ropa y ejercer de perfecta anfitriona para su huésped...

Se miró en el espejo del baño y empezó a lavarse la cara y las manos, pensando en el otro italiano al que estaría encantada de tener en su sofá. Continuamente estaba recordando la velada que habían pasado juntos en casa, en las miradas de Giovanni sobre la mesa, en el calor que despedían sus ojos y que le turbaba los sentidos...

Sacudió la cabeza y se reprendió a sí misma por perderse en divagaciones absurdas. Al igual que Nico, Giovanni era un seductor nato, consciente de su irresistible atractivo con las mujeres. Pero ¿dónde quedaba la lealtad y el amor sincero, esas cualidades que sus padres se habían demostrado mutuamente durante toda su vida de casados? Emily nunca había recibido una veneración semejante. La gente había cambiado mucho, y las parejas modernas sólo duraban hasta que pasaba la novedad. Para la mayoría de los hombres sólo importaba el momento. Después, se buscaban a otra.

Se cepilló el pelo, se puso una camisa blanca y unos vaqueros y volvió al salón. Nico giró perezosamente la cabeza para mirarla mientras ella se dirigía hacia la cocina.

–¿Quieres café o té, Nico? ¿O prefieres algo más fuerte? –sonrió a modo de disculpa–. Me temo que a esta hora del día sólo me sienta bien la manzanilla, pero también tenemos té normal... como seguramente ya sabes.

Nico se levantó y la siguió a la cocina.

–Tomaré lo que tú tomas, Emily.

Emily se dio cuenta de que empezaba a sentirse muy incómoda en presencia de Nico. Se había acercado tanto a ella que tuvo que hacerle un gesto para que se apartara y la dejara agarrar las bolsas de té del estante. Entonces, al levantar los brazos, sintió las manos de Nico rodeándole la cintura y posándose provocativamente en su vientre. Emily se apartó bruscamente y lo miró con expresión desafiante, pero él se limitó a entornar los ojos al tiempo que un ligero rubor cubría sus mejillas.

–Las chicas inglesas son tan... especiales...

Volvió a acercarse a ella e inclinó la cabeza hacia sus labios.

–¡Nico! –gritó ella–. ¿Qué demonios estás haciendo?

Pero Nico no iba a dejarse intimidar tan fácilmente. Volvió a la carga y la envolvió con sus brazos.

–Emily... –susurró–. Eres preciosa... No puedo resistirme a ti...

Ella lo empujó con todas sus fuerzas y consiguió apartarlo.

–¡Fuera!

Él levantó las manos en un gesto de asombro, como si no entendiera su reacción a un simple beso.

–¡Lo que has hecho está totalmente fuera de lugar, Nico! –lo acusó ella–. ¿Es que no lo entiendes? ¡No está bien! ¡No puedes aprovecharte de cada mujer que te guste! –tragó saliva, incapaz de creerse lo que había pasado–. ¡Y ahora vete de aquí!

Él se encogió de hombros, pero obedeció y salió de la cocina. Emily descubrió con irritación que estaba temblando. Nico era un joven alto y fuerte... pero prácticamente era un desconocido, aunque se hubiera pasado las últimas cinco noches en su piso. ¡Era el invitado de Coral, no el suyo! ¿Cómo se atrevía a tomarse esa clase de libertades? Si ella le hubiera permitido seguir, no se atrevía a pensar cómo habrían acabado...

Mientras esperaba a que hirviese el agua, pensó en su amiga. La pobre Coral. ¿Cómo iba a convencerla para que echara a aquel hombre de su vida antes de que la hiciera sufrir de verdad? Podría decirle lo que su novio había intentado hacer en la cocina, pero sería un golpe demasiado duro para Coral.

Los romances nacidos durante las vacaciones, salvo algunas excepciones, siempre acababan mal. No importaba de qué nacionalidad se tratara. Un día todo era maravilloso y al siguiente todo había acabado, dejando tras de sí un corazón roto e inconsolable.

No, pensó. Definitivamente, no merecía la pena correr el riesgo.

Al final de la semana siguiente, Emily se encontraba en un avión con destino a Roma. Su último trabajo en Italia había tenido tanto éxito que su jefe había decidido enviarla de nuevo.

–Ya conoces la ciudad, Emily. Pronto serás como una romana más –bromeó–. ¡Y aún queda mucho trabajo por hacer allí!

Emily había recibido el encargo con una mezcla de emociones... Por un lado le apetecía volver, ya que realmente se había sentido en Roma como en casa. Pero por otro, habría preferido ir a cualquier otro sitio donde pudiera olvidar la atracción que sentía por Giovanni Boselli. Él seguía llamándola a diario, y aunque a Emily le daba un vuelco el corazón cada vez que oía su voz, no era así como quería hacer las cosas. De modo que decidió no decirle que iba a estar cuatro días en Roma. Además, tampoco era probable que él fuera a estar en la ciudad.

–Voy a pasar una semana en mi casa del campo –le había dicho durante una de sus llamadas–. Hace mucho calor en la ciudad y tengo que hacer algunas cosas para mi madre. Pero regresaré a Inglaterra muy pronto... Quiero pasear contigo por Oxford Street cuando esté adornada con luces navideñas y comer castañas asadas. Las pelaré para ti, ¿qué te parece?

Mirando por la ventanilla del avión, Emily no pudo evitar comparar a Giovanni con Nico. Aunque en realidad no había comparación posible. Nico era un joven atolondrado e irreflexivo, mientras que Giovanni era mucho más maduro, comprensivo y varonil. Y en ningún momento se había comportado de una forma tan escandalosa e insolente como Nico, ni muchísimo menos.

Emily no le había contado nada a Coral. Había optado por guardar las distancias hasta que a Nico le llegó la hora de marcharse, lo que para ella supuso un inmenso alivio.

El avión aterrizó sin problemas y los pasajeros se dispusieron a desembarcar. En aquella ocasión Emily no tenía a nadie que la acompañara ni ayudara. No estaba Coral... ni Giovanni.

Supuso que sería mejor así.

Capítulo 7

POR RAZONES obvias, Emily se alojó en un hotel distinto al que había usado con Coral. No le apetecía encontrarse con Nico, quien ya debía de haber vuelto al trabajo y a su papel de seductor empedernido.

Durante los dos días siguientes pudo comprobar, gratamente sorprendida, lo fácil que le resultaba orientarse por la ciudad. Había aprendido cómo funcionaba el sistema de transporte público, dónde adquirir los billetes y a encontrar atajos entre las serpenteantes callejuelas del centro. Hasta el momento sólo había un hotel que no recomendaría a la agencia, aunque esperaba que la razón no fuera únicamente porque el recepcionista le recordaba a Nico.

Al cuarto día ya había cumplido con su agenda y aún le quedaba tiempo libre para volver a visitar la Basílica de San Pedro, la Capilla Sixtina y los Museos Vaticanos. Necesitaría toda una vida para examinar la vasta colección de arte, pero aquellas horas de éxtasis visual eran, sin duda, una de las mayores ventajas de su trabajo.

Era otro día extremadamente caluroso. Protegida por su sombrero, sus grandes gafas de sol y su vestido azul de tirantes, se internó en la marea humana que se dirigía hacia la Basílica. Como era lógico, había cientos de personas de todas las nacionalidades posibles. Era como si el mundo entero se hubiera congregado allí para admirar los monumentos. Pero entonces, asombrosamente, distinguió entre el gentío la inconfundible figura de Giovanni.

La sorpresa fue tan grande que casi soltó una exclamación. Se suponía que estaba en el campo, no en medio del Vaticano... Estaba en la terraza de una cafetería, hablando con una mujer morena y elegante, quien gesticulaba animadamente de espaldas a Emily.

Emily permaneció quieta y confusa por unos momentos, sin saber qué hacer. ¿Debería acercarse y saludarlo? Pero si lo hacía, él querría saber por qué no le había dicho que estaría en Roma... y ella no tenía ninguna excusa válida que darle. No podía decirle la verdad... que había evitado deliberadamente su presencia para no enamorarse de él.

Se refugió en un portal cercano justo cuando la entusiasta amiga de Giovanni se despedía de él y se alejaba rápidamente. Seguramente era la chica de la foto, pensó Emily, aunque no pudo reconocerla cuando pasó a su lado. Había percibido algo íntimo y especial entre ellos, en el lenguaje de sus cuerpos mientras hablaban. Si no era la misma chica de la foto, era otra despampanante mujer en la vida de Giovanni Boselli.

¿Y qué? Él era un hombre libre e independiente, y lo que hiciera con su vida no tenía nada que ver con ella... Siempre que ella no figurase entre sus innumerables conquistas. Entonces, ¿por qué sentía una dolorosa punzada en el pecho?

Esperó hasta que Giovanni se hubo perdido de vista antes de salir de su escondite y reanudar su camino. Se sentía descorazonada y deprimida. Lo último que se había esperado era encontrarse con Giovanni, y bajo ningún concepto quería explicarle por qué no lo había avisado de su viaje a Roma. Habían hablado muchas veces por teléfono, la última unas horas antes de subirse al avión. ¿Cómo justificar una omisión semejante?

Se mordió el labio hasta casi hacerlo sangrar y aceleró el paso. No tenía ninguna excusa que no sonara patéticamente falsa... u ofensiva. Lo mejor que podía hacer era mantener el secreto sobre aquella estancia en la capital italiana.

Abrumada por el sofocante calor y la conmoción sufrida, se metió en una cafetería y se puso a la cola para pedir un helado. Quizá no bastara con guardar el secreto... Giovanni volvería pronto a Londres, ¿y qué pasaría entonces?

Lo pensaría cuando llegara el momento, decidió mientras saboreaba el helado de menta. Lo primero era relajarse contemplando las fabulosas obras de...

De repente oyó un chirrido de frenos, seguido por fuertes gritos y chillidos. Un taxi se había subido a la acera a unos metros por delante de ella. El claxon seguía sonando y alguien yacía debajo del vehículo. Durante unos instantes Emily se quedó paralizada por el horror, igual que el resto de transeúntes. Nadie parecía capaz de reaccionar ni de prestar ayuda. Pero entonces recordó el curso de primeros auxilios y se puso a gritar con todas sus fuerzas.

—¡Que alguien llame a una ambulancia! ¡Rápido! —tiró su helado y echó a correr, abriéndose paso a empujones entre la multitud de petrificados espectadores hasta llegar a la víctima.

Era una joven, y afortunadamente lloraba como una histérica, lo que significa que sus vías respiratorias no estaban obstruidas. Se había quedado atrapada debajo del coche, entre las ruedas, por lo que no tenía espacio para levantarse. Tenía un corte en la frente y la sangre le caía por el brazo, manchando la calle.

–*Auto! Auto, per favore!* –gritó, mirando a Emily con expresión suplicante.

Emily se obligó a sonreír para darle ánimos mientras la agarraba de las manos.

–Está bien, está bien, tranquila... No ha sido nada, pero intenta no moverte –le dijo, maldiciéndose a sí misma por no saber más que unas palabras de italiano–. ¿Cómo te llamas?

–Anna –respondió la joven, intentando levantar la cabeza.

–Hola, Anna. Yo soy Emily... E .., mi... ly –deletreó, sonriente–. Alguien vendrá enseguida –apretó las temblorosas manos de la joven–. Intente no moverte, por si acaso te has roto algún hueso.

Su voz tranquila y segura consiguió calmar los sollozos de la chica. Al ver la cantidad de sangre que manaba de su brazo, Emily sacó un puñado de pañuelos del bolso y los presionó contra la herida para detener la hemorragia.

–Aprieta fuerte, Anna... muy fuerte –le dijo, y Anna hizo lo que le ordenaba.

Emily le apartó de la frente un mechón de pelo ensangrentado.

–Lo estás haciendo muy bien, Anna... ¿Cuántos años tienes?

La chica tardó un momento en responder.

–Ve... veinte.

–Eres muy guapa, Anna –le dijo con una sonrisa–. No te preocupes. Pronto estarás bien y podrás irte a casa.

Otra persona se acercó y se arrodilló junto a ellas. Y Emily sintió un alivio incomparable al ver que era Giovanni.

–Se llama Anna –le dijo, olvidándose de todo lo demás por el momento–. Acaban de atropellarla. No sé qué heridas ha sufrido, pero respira sin problemas y puede hablar...

Sin apenas mirar a Emily, Giovanni se hizo cargo de la situación y empezó a hablarle a la chica, haciéndole preguntas en italiano con una voz suave pero autoritaria. Anna le respondió rápidamente, y muy pronto sólo tuvo ojos para aquel hombre tan atractivo que le ponía las manos en los hombros.

Unos minutos después se oyeron las sirenas de la ambulancia y de la policía, y Emily se apartó para dejar que los profesionales hicieran su trabajo. Giovanni les contó todo lo que sabía del accidente, antes de acercarse a Emily y agarrarla con firmeza del brazo, completamente inexpresivo. Emily sintió ganas de echarse a llorar. Temblaba de los pies a la cabeza y empezaban a castañearle los dientes.

Giovanni la apartó de la escena y Emily descubrió agradecida que podía caminar junto a él. Ninguno de los dos habló durante los minutos siguientes. Giovanni le estaba dando tiempo para recuperarse del susto, pero Emily sentía la imperiosa necesidad de decir algo.

–Lo último que me esperaba era verme envuelta en un accidente –dijo con voz temblorosa, mirándolo.

–Lo último que yo esperaba era verte a ti –respondió él. No la miró, pero una sonrisa de satisfacción había aparecido en sus labios.

Emily tragó saliva.

–Lo sé... Siento no haberte dicho que iba a venir a Italia esta semana, pero me resultaba muy... difícil –¿se podía parecer más patética?

–No importa –dijo él–. Lo primero es lo primero. Tienes que limpiarte.

¿Limpiarse? Emily se miró y descubrió que tenía el

vestido cubierto de sangre y tierra. Y no parecía que tuviera remedio.

–Creo que necesitas un brandi –sugirió él–. Luego iremos a mi casa y veremos lo que puede hacerse... Con nuestra ropa –añadió, porque sus pantalones color crema también se habían ensuciado.

Entraron en un bar casi vacío y Emily se quitó las gafas de sol. Se sentó en la silla que Giovanni le ofreció y se dio cuenta de que había perdido su sombrero.

Giovanni pidió las bebidas y se sentó junto a ella, mirándola con expresión inquisidora. No le hizo ninguna pregunta, tan sólo pensaba en lo preciosa que era, incluso en su estado actual. La ropa arrugada y manchada no le restaba ni un ápice de belleza. Al contrario. Una imagen frágil y vulnerable podía ser muy sugerente. Tenía el pelo hecho un desastre, sangre seca en los brazos y las manos y suciedad en las mejillas, y de vez un cuando un estremecimiento la recorría, como si el recuerdo de la experiencia siguiera afectándola. En aquel momento, nada le gustaría más a Giovanni que estrecharla entre sus brazos y ofrecerle todo su consuelo. Pero no sería lo más apropiado. Especialmente porque ella había decidido ocultarle que estaba en Roma.

Frunció el ceño y apartó la mirada, intentando endurecer su corazón ante ella. ¿Qué había hecho para que Emily quisiera evitarlo? No podía imaginarse el motivo.

Les sirvieron los brandis y Emily tomó un pequeño sorbo, mirando a Giovanni sobre el borde de la copa.

–Está muy bueno –murmuró, bebiendo con más avidez.

–Tranquila, Emily. Tómatelo con calma. Has sufrido un shock y necesitarás un poco de tiempo para recuperarte –le sonrió–. Si te lo bebes de un solo trago, tendré que llevarte a casa...

Emily dejó la copa y comprobó con alivio que sus manos habían dejado de temblar. Le devolvió la sonrisa a Giovanni y dejó que los efectos del alcohol la ayudaran a relajarse.

–¿Cómo ha ido el trabajo esta vez? –le preguntó él–. ¿Has tenido problemas para orientarte?

Emily respiró hondo. Giovanni estaba siendo amable a propósito, sin hacerle preguntas incómodas sobre su presencia en la ciudad.

–Todo ha ido perfectamente, gracias –le respondió, volviendo a agarrar la copa–. He acabado en un tiempo récord, así que me permití hacer un poco de turismo antes de volver a casa mañana... Quiero ver algunos cuadros.

–Claro –repuso él, sin apartar la mirada de su rostro.

Emily no podía soportarlo más. ¡Tenía que decir algo!

–Oye, siento mucho no haberte avisado de que estaría en Roma –le dijo, intentando mantener un tono de voz normal–. Pero... temía ser una molestia para ti. Pensé que te sentirías obligado a ofrecerme tu ayuda, ya sabes... a perder tu valioso tiempo conmigo –¿de dónde se había sacado esa excusa?–. Y además, sentía la necesidad de valerme por mí misma. A veces tiendo a depender demasiado de los demás y dejar que hagan el trabajo por mí –aquello también era una flagrante mentira–. Me dijiste que tenías cosas que hacer para tu madre esta semana, y por eso no quise molestarte.

Confió en que aquella sarta de mentiras le sonara a él más convincente que a ella, pero en cualquier caso había conseguido ofrecerle una explicación.

Giovanni le sonrió lentamente, como si estuviera reflexionando sobre lo que le había dicho.

–Tú nunca podrías molestarme, Emily. Ya deberías

saberlo. Pero gracias de todos modos por tu consideración.

Su agradecimiento hizo que Emily se sintiera aún peor.

—Me dijiste que no estarías en Roma —añadió—. Que estarías en el campo...

—Es cierto —admitió él—. Pero surgió un imprevisto y tuve que venir a la ciudad. Volveré al campo esta tarde.

Emily decidió cambiar de tema y se puso a hablar del accidente.

—Todo sucedió en un segundo. Yo estaba a unos cincuenta metros, y lo primero que vi fue un taxi subiéndose a la acera. El ruido era escalofriante, y la gente no dejaba de gritar sin hacer nada. Cuando llegué junto a la chica, la pobre estaba frenética, intentando levantarse. Pero no podía salir de debajo del coche y yo no me atrevía a moverla por si se había roto algo. Y la sangre... Era espantoso —volvió a estremecerse—. Creía que recordaba todo lo que había aprendido en los cursos de primeros auxilios, pero cuando te ves ante una situación real todo se vuelve mucho más difícil —hizo una pausa y tomó otro sorbo—. Sentí un gran alivio cuando te vi aparecer, Giovanni —le dijo sinceramente—. En ese momento me pareció estar viendo a un ángel.

—Creo que ya había un ángel allí —respondió él. Había dejado que Emily reviviera la experiencia porque sabía que necesitaba desahogarse—. Oí el alboroto en la calle y me acerqué rápidamente a ver qué pasaba. Y cuando te vi arrodillada en la acera, hablándole a una chica que estaba atrapada bajo un taxi... No me costó mucho averiguar lo que había pasado —hizo una breve pausa—. Me complace saber que te alegraste de verme, Emily.

Ella apartó rápidamente la mirada. Por la forma que había tenido de decirlo le dejaba claro que se había sentido dolido por su comportamiento... y que no se creía una sola palabra de su explicación. Emily suspiró y lamentó no haberlo informado de su viaje. Todo habría sido mucho más fácil para ella.

Permanecieron un rato en silencio, mientras Emily se tomaba su brandi sin preocuparse lo más mínimo por su aspecto, a pesar de las miradas de curiosidad que le lanzaban los otros clientes del bar. Se sentía muy cómoda y relajada.

Pero no por mucho tiempo.

—¿Por qué no me dijiste que estarías aquí, Emily? —le preguntó él con voz amable y suave—. ¿Cuál fue el verdadero motivo? Dime la verdad.

Ella esperó un momento antes de responder.

—No... no quiero verme en una situación que pueda lamentar —admitió.

—¿Cómo?

—Me temo que, si me implicara demasiado en algo, o con alguien, acabaría muy mal.

—¿Por qué no confías en mí? —le preguntó él, muy serio.

—Ni siquiera confío en mí misma —admitió ella en voz baja—. Y no estoy segura de... de...

—¿De los italianos? —concluyó él—. ¿Has conocido a muchos, Emily?

—No —admitió ella—. Pero hay diferencias culturales entre nosotros. O al menos eso me parece a mí. Los italianos jóvenes son muy impulsivos y... y... —quería decir «audaces», pero quizá sonara demasiado ofensivo. Al fin y al cabo. Giovanni siempre había sido muy respetuoso con ella. Era por culpa de Nico que tenía una opinión tan negativa de ellos.

La expresión de Giovanni se oscureció mientras ella hablaba.

–Explícate –le pidió.

–¿Te acuerdas de Nico, el amigo de Coral del que te hablé, que se quedó hace poco en nuestro piso?

–Claro.

–Bueno, pues un día volví a casa más temprano de lo habitual, pensando que Coral no volvería hasta más tarde y que tendría el piso para mí sola. Pero al entrar me encontré a Nico, que estaba allí descansando –se calló un momento, enfureciéndose al recordar el comportamiento de Nico–. Me ofrecí a hacer té, y cuando estaba en la cocina, él se acercó a mí y... y...

–Sigue –la apremió él.

–Intentó aprovecharse de mí. Le dejé muy claro que su actitud era intolerable, pero él parecía estar convencido de que era una especie de regalo para las mujeres. Y ni siquiera se le ocurrió pensar que estaba traicionando a Coral, quien, no lo olvidemos, se estaba desviviendo por él en Londres.

–¿Qué fue lo que hizo exactamente?

–Me rodeó con los brazos y me besó en la boca.

–Pero ¿no hizo nada más?

–¿Te parece poco? –exclamó Emily, irritada por la pasividad de Giovanni. Al parecer sus sospechas sobre los italianos eran ciertas. Todos se dejaban dominar por sus hormonas...

–Al menos no pasó de ahí –dijo Giovanni–. A los italianos, por regla general, nos encantan las mujeres hermosas.

–¿Ah, sí? ¡Vaya, eso sí que me consuela! –espetó Emily. Giovanni no la estaba tomando en serio y apenas le daba importancia a lo ocurrido. Pero para ella sí que tenía importancia–. Es obvio que os encantan las mujeres, pero no estáis capacitados para afrontar una relación estable que requiera lealtad, fidelidad y compromiso —los ojos le ardían con la misma vehemencia que despedían sus palabras.

—Oh, ¿y crees que los italianos somos los únicos incapacitados para eso? —le preguntó él—. ¿Le has echado un vistazo a las estadísticas de tu país, Emily? Los matrimonios británicos no se cuentan precisamente entre los más sólidos del mundo... Si vamos a empezar con las comparaciones, te aconsejo que tengas cuidado con tus prejuicios.

Emily se dio cuenta de que, efectivamente, se estaba dejando llevar por sus prejuicios.

—De acuerdo, siento haberme precipitado en mis conclusiones —no quería admitir que era un problema suyo y de nadie más.

Los italianos a los que había conocido podían ser irresistibles, y sus instintos pasionales hacían que una mujer se sintiera deseada, admirada y protegida... Pero Emily dudaba de que pudieran mantener la llama encendida mucho tiempo. Para ellos, su única ambición parecía ser conquistar a cuantas mujeres fuera posible para satisfacer sus apetitos carnales. Y ella estaba decidida a no dejarse atrapar por su poderoso hechizo seductor, especialmente intenso en el hombre que tenía sentado a su lado.

Ninguno de los dos volvió a decir nada durante un largo rato. Finalmente, Giovanni vio que Emily había acabado de recuperarse y se levantó.

—Vamos. Te llevaré a mi casa para que puedas lavarte. Está bastante lejos de aquí, así que iremos en taxi.

—Quizá debería irme al hotel —sugirió ella.

—Como quieras —dijo él—. Pero opino que sería mejor que te lavaras y descansaras antes en mi piso.

Emily también se levantó, sorprendida de la extraña sensación que tenía en las piernas.

—Está bien, lo haremos así —aceptó. En aquellos momentos lo acompañaría hasta el fin del mundo.

Él la agarró del brazo al salir del bar.

—Además... hay alguien a quien me gustaría presentarte.

—¿Ah, sí? —preguntó ella, antes de comprender a quién se refería...

¡La mujer con la que Giovanni había estado hablando en la calle debía de ser la mujer de la foto! Emily no la había visto bien, pero estaba completamente segura. Y ahora Giovanni se disponía a presentársela, como si no tuviera el menor escrúpulo en introducir a otra mujer en la ecuación.

El taxi los llevó a una velocidad endiablada sorteando el tráfico de las calles. Al llegar a su destino, el piso le pareció a Emily aún más agradable que la primera vez.

—Ah, estupendo, ya ha vuelto —dijo Giovanni al ver que la puerta estaba abierta—. Me dijo que no tardaría, ya que nos marchamos de la ciudad dentro de una hora.

Entraron y una mujer los llamó desde la cocina.

—¡Café!

Giovanni le sonrió a Emily.

—Estupendo... Justo lo que necesitas.

La mujer entró en el salón portando una bandeja, y Emily miró con asombro el atractivo rostro de ojos oscuros. No era la mujer de la foto.

—Te presento a mi madre, Emily —dijo Giovanni—. Mamá, te presento a Emily. ¿Recuerdas que te hablé de ella?

Capítulo 8

EMILY confió en que su rostro no reflejara la sorpresa que la invadía. Aquélla era la misma mujer a la que había visto hablando con Giovanni... ¡pero se trataba de su madre, no de ninguna novia! Era muy atractiva, de corta estatura y debía de tener unos sesenta años. Y parecía cuidarse mucho, porque su aspecto era impecable. Iba vestida con una falda color crema, unos zapatos veraniegos y un top holgado verde lima sobre su piel morena. Sus grandes aros dorados relucían a la luz de la tarde, añadiendo un toque de glamour a su belleza natural. Tenía el pelo negro y unos ojos idénticos a los de Giovanni que miraban fijamente a Emily.

–¿Se puede saber por qué vienes con estas pintas? –exclamó con un marcado acento italiano–. ¿Giovanni?

Giovanni le explicó lo que había ocurrido. Su madre dejó la bandeja y se acercó a Emily con las manos extendidas.

–*Mamma mia!* ¡Qué espanto! ¡Qué espanto! –de repente cambió la expresión y le sonrió a Emily–. Soy María –se presentó con voz cálida y amable–. Es un placer conocer... a otra de las muchas amigas de mi hijo.

Emily también le sonrió y le estrechó ligeramente la mano.

–Gracias, María –se miró el vestido manchado y volvió a mirar a la mujer–. Lamento presentarme así... A lo mejor podría asearme aquí un momento, antes de volver al hotel.

Giovanni levantó la bandeja con las dos tazas.

–Primero siéntate y tómate el café, Emily –le ordenó–. Yo iré a hacerme otro para mí –añadió, entregándole la otra taza a su madre.

Emily obedeció y se sentó en el mismo sofá donde se había tendido la vez anterior. El salón parecía mucho mayor a la luz del día. Pero en el centro del armario seguía estando la foto... Sonriente, lanzando un claro mensaje con sus ojos oscuros: «Éste es mi sitio. Aquí es donde debo estar».

María también se sentó y miró a Emily con una expresión inescrutable mientras ambas tomaban el café en silencio.

–No se imagina lo aliviada que me sentí cuando vi aparecer a Giovanni –le dijo Emily–. Hasta ese momento yo era la única persona que parecía dispuesta a ofrecer ayuda, pero apenas podía hacer nada. La pobre chica estaba atrapada de tal manera debajo del vehículo que me resultaba imposible cambiarla de postura y ver si estaba herida.

–¿Tienes experiencia en atención médica? –le preguntó María.

–No, pero después de que mi madre muriera hice algunos cursillos de primeros auxilios. Quería estar preparada en caso de una emergencia –no quiso añadir que era su padre en quien estaba pensando. Se estremecía de horror al pensar que pudiera sucederle alguna desgracia, igual que a su madre, y que ella, Emily, no pudiera hacer nada por ayudarlo–. Creo que voy a tener pesadillas con ese accidente durante mucho tiempo. Me sentía absolutamente impotente.

–Pero no es eso lo que Giovanni me ha contado –observó María–. Hiciste lo único que se podía hacer, que era darle ánimos y consuelo a la chica hasta que llegara la ambulancia. Fuiste la única que demostró tener valor para hacerlo.

Emily tomó otro sorbo de café.

–Aun así, me sentí mucho mejor cuando Giovanni se hizo cargo. Es una suerte que él estuviera en Roma.

–Sí, bueno... Si el accidente hubiera ocurrido mañana en vez de hoy, Giovanni no se habría encontrado en la ciudad –afirmó María–. Va a llevarme a casa esta tarde. Hoy vine a la ciudad a hacer algunas compras.

Giovanni volvió al salón con su café y se sentó frente a ellas.

–Giovanni me ha dicho que trabajas en una agencia de viajes, Emily –dijo María.

–Sí, así es.

–¿Te gusta?

Emily dudó un momento.

–Tiene sus ventajas, pero también sus inconvenientes –admitió–. No siempre me apetece estar de un lado para otro.

–¿Y en qué te gustaría trabajar realmente? ¿Cuál sería tu dedicación ideal? –le preguntó María, y Emily empezó a sentirse como si estuviera en un interrogatorio.

–Lo que a Emily más le gusta hacer es pintar cuadros, mamá –respondió Giovanni por ella–. Es una pintora excelente, y en mi opinión podría dedicarse a ello profesionalmente.

María entornó ligeramente los ojos en una expresión de desconfianza. Era lógico, pensó Emily. Todo el mundo sabía que las madres italianas eran muy celosas de sus hijos. Ninguna mujer era lo bastante buena para ellos, y María pensaba seguramente que Emily quería cazar a su querido Giovanni.

Emily acabó su café y dejó la taza en la mesita. María no tenía de qué preocuparse. ¡Ella no tenía la menor intención de cazar a su hijo!

María se levantó y asumió el mando de la situación.

–Ve al cuarto de baño a lavarte, Emily –le ordenó–. Luego veremos lo que se puede hacer con tu ropa... Supongo que podríamos limpiarla un poco, pero me temo que habrá que ponerla en remojo para quitarle las manchas de sangre.

Emily se dirigió obedientemente hacia el cuarto de baño, pero Giovanni se levantó y le cortó el paso.

–Creo que será mejor que use el cuarto de baño de mi habitación, mamá –señaló una puerta en el pasillo–. Es allí. Ponte cómoda, como si estuvieras en tu casa.

Emily se sentía como si estuviera en un extraño sueño. ¿Qué estaba pasando allí? Se suponía que debía estar en un museo, no en el piso de Giovanni, con la madre de éste, y con la ropa en un estado lamentable.

El dormitorio de Giovanni era tan amplio y acogedor como el resto del apartamento. La gran cama de matrimonio ofrecía un aspecto impecable, pulcro y tentador, y por un momento Emily sintió la tentación de echarse una pequeña siesta. No lo hizo, naturalmente. Entró en el cuarto de baño y se quedó maravillada al ver la inmensa bañera con ducha incluida, la reluciente porcelana, los grifos dorados y las suaves toallas blancas. Si aquella casa fuera suya, pasaría un montón de horas en aquel cuarto de baño. No se podía negar que Giovanni tenía muy buen gusto... y muy caro.

Al cerrar la puerta tras ella vio un picardías color rosa colgado de una percha. Ahogó un gemido de asombro. Aquella prenda no pertenecía a Giovanni, desde luego. Era de una calidad exquisita, y Emily acarició la tela entre los dedos. Se acercó al lavabo y miró los estantes superiores. Un frasco le llamó la atención. Era uno de los más famosos perfumes franceses de mujer...

Se sentó en el borde de la bañera. ¿Qué le importaba todo aquello? No era asunto suyo a quién llevase Giovanni a su piso. Y él no significaba nada para ella. Nada en absoluto.

Aunque tal vez... el perfume y el picardías fueran de María. ¡Claro! Giovanni le había comentado que su madre se alojaba a veces en su casa.

Un rato después salió del baño y recibió una mirada de aprobación por parte de María. Al menos volvía a tener un aspecto presentable.

—Eso está mejor —dijo María—. Aunque será difícil quitar esas manchas de sangre.

—En mi tintorería hacen milagros —le aseguró Emily con una sonrisa—. Se lo dejaré a ellos.

—Voy a llevarte al hotel, Emily... si es eso lo que quieres —dijo Giovanni.

—Sí, gracias —se apresuró a responder ella—. No me siento con fuerzas de hacer más turismo por hoy...

Giovanni salió y Emily le ofreció la mano a María.

—Ha sido un placer conocerla, María —dudó un momento—. Espero no ser muy atrevida si le digo que el... picardías que está colgado de la puerta del baño es precioso. Nunca había visto una prenda de lencería tan exquisita.

María frunció el ceño.

—¿Lencería? ¿Un picardías, dices? No es mío... Hace

meses que no me quedo aquí –sacudió la cabeza–. Roma es demasiado calurosa para mí en esta época del año.

María observó a su hijo mientras salían de la ciudad en coche y sintió que el corazón se le henchía de orgullo. Era igual que su padre. Guapo, atento y responsable. Desde muy joven había cumplido con su deber sin rechistar y se había ocupado hábilmente de aquel asunto tan turbio en el que María prefería no pensar.

También le gustaba haberlo visto con la mujer inglesa. María había empezado a temer que su hijo no volviera a interesarse en serio por una mujer, y hasta ella debía reconocer que Emily tenía algo especial.

Desvió la vista hacia la venta y carraspeó antes de hablar.

–Creo que puedo entender por qué te gusta esta... Emily –dijo, intentando encontrar las palabras adecuadas. Era lógico que diera su opinión, pero la experiencia le había enseñado a ser prudente. No volvería a cometer los mismos errores del pasado.

–A cualquiera le gustaría Emily –respondió él, sin apartar los ojos de la carretera–. El problema es conseguir que yo le guste a ella.

María se quedó de piedra. Aquello era lo último que se esperaba oír.

–¿Por qué? –exigió saber.

–Ojalá lo supiera –dijo Giovanni seriamente–. Es una mujer encantadora, pero no permite que nadie se acerque demasiado. No sé... No tengo experiencia con ese tipo de mujeres.

–A ella le gustas, Giovanni. De eso no hay ninguna duda. Me di cuenta enseguida.

–Puede ser, pero no le gusto de la forma que a mí me gustaría.

Permanecieron un rato en silencio, y entonces Giovanni le confesó cómo se sentía por que Emily le hubiera ocultado su viaje a Roma. María lo escuchaba sin poder creer lo que oía. ¿Cómo era posible que una mujer rechazara a su hijo? Ella también era italiana, la misma pasión ardía en sus venas, y su marido la había amado como sólo los italianos podían hacerlo. Pero decidió no comentar nada al respecto. Ya se había ido de la lengua otras veces... y las consecuencias habían sido fatídicas.

–¿Volverás a verla pronto, *carissimo*?

Giovanni se encogió de hombros.

–No lo sé. Podría buscar cualquier excusa para ir a Londres e intentar verla, pero dentro de poco tendré que reanudar mi trabajo aquí, y la verdad es que estoy deseando volver a trabajar, mamá. Esos seis meses de descanso han estado muy bien, pero...

–Eran necesarios –dijo ella con firmeza.

–Tal vez, pero quiero volver a la actividad tan pronto como sea posible. Llevas guardando el fuerte demasiado tiempo.

María sonrió.

–Con la ayuda de otros –le recordó–. Y nuestros beneficios suben como la espuma, *carissimo*. No tienes que preocuparte por eso.

Emily había reservado un vuelo temprano a la mañana siguiente, y a la hora de embarcar sintió un gran alivio. El día anterior quedaría para siempre grabado en su memoria, y no precisamente por algo bueno. El accidente había sido una experiencia durísima, y conocer a María Boselli en casa de Giovanni la había acabado de desconcertar. La mirada de aquellos ojos oscuros y penetrantes la había hecho sentirse incómoda. Era la típica madre italiana, posesiva y celosa. Emily los había oído hablar en voz baja mientras ella se aseaba, y le había parecido que estaban discutiendo sobre ella.

Mirando por la ventanilla del avión durante el despegue, Emily recordó lo último que le había dicho María al despedirse.

–La próxima vez que vengas a Italia tienes que hacernos una visita, Emily –más que una invitación había sonado como una orden–. La Campagna es un lugar muy agradable en esta época del año... Giovanni puede llevarte.

Y Emily había aceptado cortésmente la sugerencia, pensando que había más probabilidades de que subiera a la luna que de visitar el hogar de los Boselli. No iba a relacionarse más con Giovanni... Era el momento de poner distancias entre ellos, mientras aún le fuera posible.

El viernes por la noche Emily decidió que prepararía una cena especial para ella y Coral. Últimamente no se habían visto mucho, debido a la visita de Nico y el posterior viaje a Roma de Emily. Sería una buena oportunidad para que las dos amigas se pusieran al día.

Coral llegó a casa más temprano de lo normal, y Emily la llamó desde la cocina.

–Hola, Coral... La cena estará lista dentro de media hora... Tienes tiempo para darte una ducha, si quieres.

Coral apareció en la puerta de la cocina y se apoyó contra el marco, viendo cómo Emily preparaba la lubina.

–Es estupendo estar en casa –comentó Emily mientras agarraba la pimienta–. Espero que no me manden a ningún sitio en un par de semanas... Ya he tenido bastante de Roma por el momento.

–Me imagino, y tienes que contármelo –dijo Coral, y algo en su tono de voz hizo que Emily levantara la mirada hacia ella–. Voy a darme esa ducha, pero antes me tomaré un trago –dejó escapar un sonoro bostezo–. ¿Quieres uno? Voy a abrir una de las botellas de vino tinto que nos trajimos de Italia.

–Estupendo –dijo Emily, mientras cortaba los tomates para la ensalada–. Pareces cansada, Coral. ¿Ha habido mucho trabajo?

–No, la verdad es que todos nos aburrimos como ostras en la oficina... Un día inactivo parece tener el doble de horas... Pero eso es algo que tú no puedes saber.

Después de cenar y recogerlo todo, se sentaron junto a la ventana para tomar el café y Emily miró brevemente a su amiga. No quería mencionar el nombre de Nico, pero le resultaba extraño no hablar de él. Al fin y al cabo, había estado viviendo con ellas una semana.

–¿Sabes algo de Nico? –le preguntó en el tono más despreocupado que pudo–. Espero que lo pasara bien aquí. Tú, por lo menos, le enseñaste todo lo que había que ver en Londres.

–Oh, sí, me ha llamado un par de veces –respondió ella.

–¿Y... habéis hecho planes para volver a veros? –insistió Emily, extrañada por el silencio de su amiga. Normalmente Coral se explayaba en los detalles sin que fuera necesario pedírselos.

–No. Bueno... ya veremos qué pasa –dijo Coral, tomando su café–. Nico es un chico muy majo, pero los italianos son muy... diferentes. Quiero decir, parecen muy... Con ellos no se puede estar segura de... —dejó la frase sin terminar.

A Coral le había hecho falta una semana con Nico para empezar a tener dudas. Emily se compadeció de ella. Sus esperanzas de tener algo serio con un apuesto italiano se habían desvanecido y la pobre chica volvía a sumirse en la más profunda melancolía. Emily le agarró la mano y se la apretó.

—Estoy de acuerdo contigo —le dijo—. Los latinos parecen ser de otra raza cuando se trata de comparar sentimientos. Yo, personalmente, me lo pensaría dos veces antes de iniciar una relación con uno de ellos.

Coral la miró brevemente a los ojos.

—¿Ni siquiera con Giovanni? Sólo tuvo ojos para ti cuando estuvimos en Roma, y me dijiste que desde entonces no deja de llamarte por teléfono.

Emily se mordió el labio y apartó la mirada.

—Ni siquiera con él, Coral.

—¿Lo viste esta semana mientras estabas en Roma?

La pregunta hizo dudar a Emily. No quería volver a hablar de él, pero no podía ocultarle la verdad a Coral. Las dos siempre compartían sus experiencias.

—Ahora que lo dices.... Sí, lo vi —admitió—. Él no sabía que yo iba estar en Italia, ya que no había querido decírselo. Pero de repente apareció de la nada —le contó el accidente y cómo había acabado en el piso de Giovanni con su madre—. Me parece que mi vestido se ha echado a perder irremediablemente —concluyó—. Aunque consiga limpiarle las manchas ya no volverá a ser el mismo.

Optó por no hablarle de la mujer de la fotografía ni del picardías que había visto en el cuarto de baño. No había necesidad de hacerlo, pues ya no tenía la menor importancia. Eran unos detalles absolutamente irrelevantes.

Coral silbó por lo bajo, impresionada por el relato de Emily.

—Es increíble, Ellie... Parece que fueras un imán para ese hombre. Siempre aparece en el momento adecuado.

—Bueno, pero he tenido que convencerlo de que no aprecio su compañía –declaró Emily–. No creo que a él le importe mucho, ya que no deben de faltarle mujeres.

—Desde luego –afirmó Coral–. Es el hombre más guapo que he visto en mi vida... Incluso más que Nico.

—Son todos iguales –dijo Emily–. Tan irresistiblemente atractivos que creen tener a todas las mujeres a sus pies.

—Bueno, pues aquí hay dos mujeres que no han sucumbido a sus encantos –dijo Coral, levantando su copa–. Por nosotras, Ellie... y por las ventajas de ser soltera.

Emily se levantó a preparar más café y justo en ese momento sonó su teléfono móvil.

—He dejado el móvil en el alféizar. ¿Te importa responder, Coral?

Coral hizo lo que le pedía y enseguida se levantó y siguió a Emily a la cocina.

—Es él... Giovanni –le susurró–. ¿Le digo que no estás?

Emily negó con la cabeza y agarró el teléfono de mala gana.

—Hola, Gio... –lo saludó, y su expresión fue cambiando a medida que lo escuchaba–. Sí, por supuesto... No. Estaré aquí todo el fin de semana... Claro que sí, Giovanni.

Cerró el móvil y miró a Coral, que se había quedado boquiabierta.

—Vas a verlo... después de lo que hemos estado hablando –la acusó–. Has caído en sus garras, Ellie. Y no puedes hacer nada por evitarlo.

–Espera y verás –replicó ella–. Pero ahora debo ofrecerle todo mi apoyo.

–¿Por qué? ¿Qué ha pasado?

–Va a venir a Londres mañana. Su mejor amigo está ingresado en el hospital, conectado a un aparato de respiración artificial. Su estado es muy grave. Giovanni me ha pedido que lo acompañe a verlo, y no puedo negarme... Parecía estar muy afectado.

Era evidente que Giovanni la necesitaba. Y ella no iba a negarle su ayuda, de ningún modo. Haría lo mismo por cualquiera.

Capítulo 9

AL DÍA SIGUIENTE por la tarde abandonaron el hospital y Giovanni apretó fuertemente la mano de Emily mientras esperaban para cruzar la calle. Ella lo miró y vio que aún seguía conmocionado.

–¿Cuánto tiempo hace que conoces a Rupert? –le preguntó, pensando que Giovanni no querría hablar de otra cosa en esos momentos–. Me dijiste que lo conociste en la universidad...

–Fue antes –respondió él–. Estuvimos en el mismo colegio interno, con trece años. O sea, que hace más de veinte años que lo conozco –sacudió la cabeza con pesar–. Ha sido horrible verlo así, Emily... Sus padres están destrozados. Aparte de ellos sólo se me ha permitido verlo a mí, al menos por ahora. En cuanto se ponga mejor podrá recibir más visitas.

Emily no miró a Giovanni mientras hablaba. Los dos sabían que estaba siendo muy optimista en cuanto a la recuperación de su amigo, y que las perspectivas eran mucho menos esperanzadoras. Ella se había quedado en la cafetería mientras Giovanni iba a verlo.

–Eres alguien muy especial para él y su familia... –empezó a decirle, pero él la cortó.

–Es el amigo más antiguo que tengo. Nunca hemos perdido el contacto. Me he quedado con él y su familia en Inglaterra en muchas ocasiones, y él también ha venido con frecuencia a vernos a Italia. Mi madre le tiene mucho cariño.

—¿Qué dicen los médicos?

—Su corazón es fuerte, pero aún sigue inconsciente y los médicos no saben lo profundo que puede ser el coma —se echó a un lado de la acera para dejar que pasaran una mujer y dos niños, antes de volver a agarrar la mano de Emily—. Sus padres están destrozados. He intentado ofrecerles consuelo, pero ¿qué podía decirles? ¿Cuáles son las palabras correctas en un momento así?

Emily le apretó la mano.

—Lo que les hayas dicho, Giovanni. Ésas fueron las palabras correctas.

—No he podido hacer gran cosa, pero al menos se han alegrado de verme. Su madre me ha abrazado con tanta fuerza que parecía que no volvería a soltarme.

—Eso lo dice todo —le aseguró Emily—. Estar con ellos fue más que suficiente —dudó—. ¿Y ahora qué? ¿Vas a volver a Italia inmediatamente?

—No. Lo que tenía que hacer en casa puede esperar. Les he dicho a los padres de Rupert que me quedaré en Inglaterra hasta que se estabilice y sepamos algo.

Miró a Emily y sintió la fuerza que recibía de su presencia y de sus dedos entrelazados. No se explicaba por qué había sido Emily la primera, y la única, a quien él había llamado para comunicarle las malas noticias. Podría haber llamado a cualquiera de sus amigos y los de Rupert, pero no se le había ocurrido. Emily era especial y lo hacía sentirse especial. Lo había sentido así desde que le vendió la jarra de mermelada en la tienda de Stefano, y especialmente cuando vio su actuación en el accidente de Roma. Era una mujer muy hermosa y deseable, pero Giovanni no se sentía atraído únicamente por su belleza. Había algo más en ella, algo que no lograba comprender.

Respiró profundamente y desistió de precisar la causa. En aquellos momentos sólo quería llevarla al parque más cercano y hacerle el amor bajo los árboles, a plena luz del día. La miró y se avergonzó de sus lascivos pensamientos, especialmente en un día como aquél, pero una conmoción como la que había sufrido podría trastornar a cualquier hombre... y las últimas veinticuatro horas lo habían trastornado a él.

Una de las mejores virtudes de Emily era saber guardar silencio en los momentos más delicados. No intentó hablar por hablar ni ponerse a decir obviedades sobre el estado de Rupert. Se limitó a caminar a su lado sin decir nada, esperando que fuera él quien llenara el silencio si lo consideraba oportuno. Giovanni quería rodearla con un brazo y apretarla contra él, pero algo se lo impedía. Frunció el ceño al recordar el día del accidente, cuando volvieron a encontrarse inesperadamente en las calles de Roma y él sintió un cambio muy definido en su relación. Un cambio que le hizo albergar esperanzas sobre el futuro. Por un breve periodo de tiempo ella se había aferrado a él emocionalmente, y él se había deleitado con aquella dependencia momentánea. Pero la actitud de Emily había cambiado radicalmente cuando la llevó a su piso. No entendía a aquella mujer, y dudaba que alguna vez pudiera entenderla.

–¿Dónde vas a alojarte mientras estés en Londres? –le preguntó ella de repente.

–He reservado una habitación en el hotel de siempre –respondió él.

Emily temió que Giovanni se sintiera obligado a llevarla a algún sitio aquella noche y decidió adelantarse a una posible invitación.

–Supongo que no habrás hecho ningún plan para esta noche... Pero si quieres, podríamos ir a cenar a mi casa. Coral estará encantada de volver a verte.

Giovanni dudó.

–Bueno... si estás segura, no te diré que no. Me vendrá bien sentirme como en casa esta noche.

–Estupendo. Esta noche le toca cocinar a Coral, pero tranquilo, también es muy buena cocinera. Creo que va a preparar chuletas de cordero.

Lo miró de reojo y se encogió por dentro al ver su expresión. Sus rasgos estaban inusualmente tensos y sus ojos habían perdido su brillo seductor. Era lógico después de haber visto a su amigo en coma. Por eso había decidido invitarlo a su casa. Sólo quería ofrecerle consuelo, nada más. Después de lo que había descubierto en su cuarto de baño, no tenía el menor deseo de intimar con él.

Ninguno de los dos parecía tener prisa por volver a casa, de modo que entraron en un parque y se sentaron en un banco. Casi todos los niños se habían ido a sus casas, pero aún quedaban un par de ellos jugando con sus barcos en el estanque mientras sus padres leían el periódico. Giovanni miró a los niños con expresión pensativa, las piernas estiradas y las manos en los bolsillos.

–Siempre me ha molestado que los demás sigan con sus vidas como si nada cuando algo malo sucede en la tuya –dijo en voz baja y profunda–. Esas personas, esos críos... no saben nada de Rupert ni se imaginan lo que están sufriendo sus padres...

Emily sonrió y se acercó un poco más a él.

–Te entiendo, Giovanni. Nos gustaría que todo el mundo sufriera cuando sufrimos nosotros, ¿verdad? No nos parece justo que otros no compartan nuestra carga.

Él la miró fijamente unos segundos.

–Exacto –dijo–. Eso es precisamente a lo que me refería... Gracias por ser tan comprensiva y no tomarme por idiota.

Emily sacó el móvil del bolso.

–Voy a llamar a Coral –dijo, intentando insuflar un poco de ánimo en su voz–. Tengo que decirle que vamos a ser tres para cenar.

Eran más de las siete cuando llegaron a casa. Coral los recibió en el rellano, con el rostro encendido. Tal vez se debiera a que había estado cocinando... o a las copas que seguramente se había tomado antes de cenar. Giovanni la saludó con su cortesía habitual, pero a Emily le resultó extraño que no prodigara sus halagos de siempre.

–Siento mucho lo de tu amigo, Giovanni –dijo Coral–. ¿Cómo está? ¿Se pondrá bien?

Entraron en el piso y Giovanni le explicó la situación a Coral.

–No sabremos nada con certeza hasta dentro de dos días, por lo menos. Me temo que va a ser una larga espera.

–Bueno... ahora mismo no puedes hacer otra cosa salvo esperar –dijo Coral con su sentido práctico acostumbrado–. Como yo siempre digo... mira el lado bueno –ella misma llevaba intentando hacer eso durante un mes–. Ya me he tomado media botella de vino. ¿Me ayudas a acabarla, Giovanni? Te sentará bien... Y luego cenaremos. No hay nada como una buena comida para levantarte el ánimo. Al menos ésa es mi teoría –lo miró con una sonrisa y Emily percibió los reveladores signos en el rostro de su amiga. Coral estaba fascinada por Giovanni y por su irresistible carisma.

Giovanni aceptó encantado la sugerencia y en pocos

minutos estuvo sentado en el sofá con una copa en la mano, mientras Emily ponía la mesa.

Al entrar en la cocina, Coral la miró a los ojos y puso una mueca.

—Menuda pieza... —susurró, y Emily le dio un codazo de advertencia.

—La cena tiene una pinta deliciosa, Coral —dijo en voz alta para que Giovanni la oyera—. ¿Puedo ayudarte en algo?

—No, ya está todo hecho —respondió Coral, echándola de la cocina—. Abre otra botella de vino.

Más tarde, habiendo dado buena cuenta de la cena, incluida una *crème brûlée* para chuparse los dedos, estaban apurando el vino cuando llamaron a la puerta.

—Ya voy yo —dijo Coral sin mucho entusiasmo, pero Emily se levantó antes que ella.

—No, iré yo —fue a abrir y se sorprendió al encontrarse con el dueño de los apartamentos—. Oh, Andy...

—Siento molestarte un sábado por la noche, Emily, pero necesito que me firmes unos documentos sobre las nuevas ordenanzas. ¿Puedes concederme unos minutos? De verdad que lamento molestarte a estas horas, pero es muy difícil encontrar a los inquilinos durante la semana.

Emily le sonrió. Andy Baker era un casero estupendo, siempre dispuesto a solucionar cualquier queja de sus inquilinos.

—Pues claro, Andy. Pero ahora mismo tenemos visita... ¿Podemos subir a tu casa, mejor?

—Oh, muchas gracias, Emily. Sólo nos llevará unos minutos. Son unos documentos sobre las nuevas normas de seguridad en los edificios.

Emily volvió al salón para decírselo a los demás.

—Siento mucho tener que ausentarme, Giovanni.

Pero no tardaré en volver. Coral, ¿puedes preparar un poco de café mientras tanto? —sugirió, pensando que a su amiga le vendría bien empezar a diluir todo el alcohol que había consumido.

Andy vivía en el último piso del bloque de cuatro plantas. Mientras lo seguía por las escaleras, Emily pensó en lo afortunadas que eran ella y Coral de vivir allí y de tener un casero como Andy. Nunca las molestaba y siempre mantenía una actitud escrupulosamente profesional. Y aquella noche no era una excepción, mientras le mostraba a Emily las hojas que tenía que examinar.

—Firma aquí, por favor —le pidió—. Y llévate esta copia para que Coral pueda firmarla también. No tengas prisa en devolvérmela. Puedes deslizarla por debajo de mi puerta cuando quieras.

Todo había sido muy simple, pensó Emily mientras bajaba las escaleras.

Al salir de casa no se había molestado en cerrar la puerta, por lo que no hizo ruido al volver a entrar. Pero cuando entró en el salón se quedó absolutamente anonadada. Coral se había sentado junto a Giovanni en el sofá y los dos estaban enfrascados en un beso apasionado. Y lo peor de todo era que Giovanni parecía estar disfrutando mucho...

—¿Interrumpo algo? —preguntó con una voz de hielo, intentando sofocar el resentimiento que se desataba en su interior. A fin de cuentas, lo que Giovanni Boselli hiciera con Coral o con cualquier otra mujer a su alcance no significaba nada para ella.

Además, tendría que haberse esperado algo así. Una mujer descarada y disponible como Coral era justo lo que Giovanni necesitaba para rematar una cena perfecta, y obviamente no iba a dejar pasar la oportunidad.

Típico de los italianos... Cambiaban de mujer con la misma facilidad con la que se cambiaban de camisa. Un día aparecían y al siguiente ya no se volvía a saber de ellos. Emily tragó saliva, pero no pudo deshacer el doloroso nudo que se le había formado en la garganta.

Coral ahogó un grito, se levantó de un salto y pasó corriendo junto a Emily para encerrarse en su habitación. Sus sollozos seguían oyéndose a través de la puerta. Emily miró a Giovanni, quien le sostuvo la mirada con una expresión inescrutable.

–¿Y bien? –le preguntó ella.

–¿Y bien qué? –replicó él.

–Oh, nada... Gracias por aprovechar la primera oportunidad que se te presenta.

–¿Acaso te importa, Emily? –le preguntó, muy serio.

–¡Me importa que te aproveches de mi amiga en cuanto yo me doy la vuelta! –exclamó, y nada más decirlo deseó haberse mordido la lengua. ¡Le estaba demostrando que sentía celos!

Él se encogió de hombros.

–Te pido disculpas. Sobre todo porque hoy te has portado muy bien conmigo. Me has ofrecido tu apoyo y hospitalidad, y me has invitado a cenar en tu casa... –se calló un momento–. Debes de tener una opinión muy pobre de mí.

Emily intentaba contener las lágrimas. Era cierto. Tenía una opinión muy pobre de él. De hecho, en aquellos momentos no podría pensar peor de él.

–No tiene importancia –dijo, intentando controlar sus sentimientos–. Estamos en un país libre.

Al cabo de unos minutos de incómodo silencio, Giovanni se levantó y se acercó a ella. Se odiaba a sí mismo por la situación en la que se había metido y de la que no sabía cómo salir. Miró fijamente el enardecido rostro de Emily. Lo que más deseaba en esos momentos era besar aquellos apetitosos labios.

–¿Puedo llamarte en cuanto sepa algo sobre Rupert? –le preguntó en tono dubitativo.

–Claro –respondió ella inmediatamente–. Me gustaría saber cómo está. Mañana voy a pasar el día con mi familia, así que no estaré aquí. Pero puedes llamarme al móvil.

Él asintió gravemente y se marchó sin decir nada más. Y Emily se quedó sola, intentando no echarse a llorar.

Capítulo 10

CADA día cocinas mejor, papá –le dijo Emily mientras lo ayudaba a llenar el lavaplatos–. ¿Seguro que no has estado recibiendo clases de cocina en secreto?

Hugh Sinclair, un hombre alto, delgado y atractivo, de pelo canoso y ojos grises, miró a su hija y sonrió.

–Ya sabes que no te lo cuento todo, Emily... Pero me alegro de que te haya gustado la comida. Siempre es bueno tener una familia con la que practicar.

Llevaron el café al salón, donde Paul estaba hojeando el periódico en el sofá. Paul era tan apuesto como su padre, pero aún no había sucumbido a los encantos de una mujer en particular. Había tenido algunas novias y al menos una relación estable, pero hasta el momento no había encontrado a su pareja definitiva.

–Aquí dice que vamos a vivir para siempre –dijo, señalando la página con el dedo–. La medicina y la tecnología posibilitarán que podamos vivir hasta los ciento cincuenta años o más. ¿Qué os parece?

Emily miró a su padre. Durante mucho tiempo después de la muerte de su esposa no había querido seguir viviendo. Así se lo había confesado a Emily. Pero ella lo había convencido de que tenía que seguir adelante, por él mismo y por sus dos hijos. Se preguntó qué pensaría sobre lo que acababa de decir Paul, y su respuesta no dejó de sorprenderla.

–Bueno... Mientras nos mantengamos en forma y en pleno uso de nuestras facultades mentales, no creo que suponga mucha diferencia tener más o menos años. Más de lo mismo, con el aburrimiento como único enemigo. ¿Cuántos partidos de golf harán falta o cuantas flores habrá que plantar en el jardín para acabar hasta las narices? Tendrán que inventar otros pasatiempos.

Emily lo miró mientras su padre removía el café. Sus comentarios eran mucho más positivos de lo que ella se había imaginado. No había dicho, como tantas veces había repetido en sus momentos más aciagos, que estaría encantado de abandonar este mundo. Aunque en realidad ya habían pasado cuatro años desde la muerte de su esposa. Tal vez el tiempo lo estaba curando...

Al cabo de un rato, su padre los miró a Paul y a ella y se aclaró la garganta.

–Me alegro de que hayáis podido venir a verme –dijo, y Emily dejó inmediatamente su taza para prestarle toda su atención. El tono de su padre insinuaba que iba a decir algo importante. Esperó con la respiración contenida.

Hugh fue directo al grano, como era habitual en él.

–Antes me preguntaste si había estado recibiendo clases de cocina, Emily. Y en cierto modo así ha sido –hizo una pausa–. He conocido a una mujer... Se llama Paula y ha estado enseñándome algunas cosas, por decirlo así. Nos conocimos hace tiempo en el centro de jardinería, nos pusimos a hablar y... bueno, ya sabéis. Ella se encuentra en una situación parecida a la mía, por lo que ambos nos hemos ayudado mutuamente. Hace poco cavé una zanja en su jardín y la ayudé con unos papeles de Hacienda.

Por unos momentos nadie dijo nada, hasta que Emily se decidió a hablar.

–¿Quieres decir que tienes una... amiga, papá? ¿Una amiga especial? –apenas podía creérselo. Su padre siempre había insistido en que ninguna mujer podría ocupar el lugar de su amada esposa–. Sigue, por favor –le pidió con una sonrisa temblorosa–. Cuéntanos todos los detalles.

–Bueno... llevamos unos diez meses juntos –respondió él lentamente–. Al principio sólo nos veíamos una o dos veces por semana, pero luego empezamos a vernos con más frecuencia porque Alice me presentó a sus compañeras de bridge para jugar a las cartas por las noches... –dejó la taza y miró a sus hijos–. Es muy agradable volver a salir y estar con gente de mi edad... y... tener a alguien a mi lado.

Emily tardó unos momentos en recuperarse del asombro. Se levantó y fue a abrazarlo con fuerza.

–Me parece estupendo, papá –le dijo con una cariñosa sonrisa–. Pero... ¿por qué no nos lo habías dicho antes? –le preguntó con extrañeza. Nunca habían guardado secretos en la familia.

–Porque durante mucho tiempo no creí que hubiera nada que contar –admitió él–. No me pareció que nuestra... nuestra amistad fuera tan importante –suspiró–. Supongo que me negaba a reconocerlo –desvió la mirada por un momento–. Si hubiera esperado más, la habría perdido.

Los tres permanecieron un largo rato abrazados en silencio. Hugh los estrechaba con tanta fuerza que apenas podían respirar.

–Tenía miedo de que no lo aprobarais –murmuró.

Emily se apartó de él un instante.

–Papá... nosotros sólo queremos lo mejor para ti, pero si de verdad vas en serio con Alice... ¿cuándo vamos a poder conocerla?

Hugh sonrió, aliviado por la buena acogida que había tenido su revelación.

—Antes de lo que imagináis. Va a venir a tomar el té esta tarde.

Mucho más tarde, Paul acompañó a Emily a la estación.

—Bueno, esto sí que ha sido una sorpresa, ¿verdad? Menos mal que me pilló sentado al decirlo, porque si no, me habría caído de espaldas.

Emily sonrió, llena de felicidad.

—Estoy muy contenta por ellos. ¿Verdad que Alice es encantadora? Sé que a mamá le habría gustado que alguien como ella hiciera compañía a papá.

Paul se quedó callado un momento.

—Seguramente haya sido culpa mía, pero desde que murió mamá me he sentido perdido, desorientado, como si mi vida estuviera en suspenso. La noticia de papá me ha animado a poner en marcha mis propios planes...

Emily se detuvo en seco.

—¿Qué? ¿De qué estás hablando? ¡No más sorpresas por hoy, por favor!

—Oh, tranquila. Me han ofrecido tomarme un año sabático y voy a dedicarlo a viajar por el mundo. A Australia y Nueva Zelanda, para empezar. Ya sabes que siempre he querido viajar, pero no me atrevía a dejar a papá. Ya está muy mayor.

—¡Es fantástico, Paul! —exclamó Emily—. ¿Vas a viajar solo?

—Aún no estoy seguro, pero puede que no —respondió Paul, apartando la mirada.

—Mmm —murmuró Emily, absteniéndose de seguir

indagando–. Tú tampoco eres un muchacho, así que te aconsejo que no pierdas más tiempo. ¡Sal a volar antes de que tus alas empiecen a atrofiarse!

–Gracias por tu amable recordatorio –dijo él en tono irónico–. Aunque supongo que tendré que volver pronto a casa para la boda de papá...

Durante la semana siguiente Emily no recibió ningún mensaje de Giovanni sobre el estado de Rupert, lo cual no invitaba al optimismo. Estaba muy nerviosa e irritable, además de tener mucho trabajo. Lo peor era el enfrentamiento que había tenido con Coral y que no podía sacarse de la cabeza. Después de estar dos días sin apenas hablarse, la verdad había acabado por salir a la superficie.

Una noche, después de ducharse, Coral fue al salón, donde Emily estaba viendo la televisión.

–Tenemos que hablar –le había dicho, y Emily había apagado inmediatamente el televisor.

–Estoy de acuerdo... Adelante.

–Ya sabes de qué.

–No, no tengo la menor idea.

–Vamos a hablar de nuestros amigos italianos... Giovanni y Nico. ¿Te acuerdas de Nico?

Emily se puso en pie.

–¿Quién podría olvidarlo?

–¡Me lo contó todo, Ellie! –gritó Coral–. Me contó como estabais aquí juntos y como le suplicaste que se acostara contigo... ¿Tienes idea de cómo me sentí? ¡Yo siempre había confiado en ti!

Emily no se podía creer lo que estaba oyendo.

–¿Nico te contó... qué?

–Que tú le dijiste que siempre te había gustado y que querías hacer... ya sabes...

Emily dejó caer los brazos en un gesto de resignación.

–Coral... ¿Cómo pudiste tragarte sus mentiras? ¿De verdad me crees capaz de hacer algo así? –sacudió lentamente la cabeza–. Creo que deberías saber la verdad... Fue Nico quien intentó seducirme. Yo estaba en la cocina, preparando el té, cuando él entró y me aprisionó contra el fregadero. Tuve que ponerme muy seria para pararle los pies, Coral –el corazón se le había acelerado al recordarlo–. Él captó el mensaje y me dejó en paz, pero yo no sabía si contártelo o no, porque no quería preocuparte –le puso a Coral las manos en los hombros–. Al final decidí no meterme en vuestra relación, y creo que fue mejor así, porque tú descubriste por ti misma que no teníais ningún futuro. Y también sabes que yo jamás te traicionaría. Somos amigas, Coral. Siempre hemos confiado la una en la otra... o al menos eso creía.

Coral le echó los brazos al cuello y la abrazó con fuerza.

–Oh, Ellie, lo siento... De verdad que lo siento. No debería haber dudado de ti ni un segundo, y... lamento haberme arrojado sobre Giovanni la otra noche. Sólo quería vengarme, pero después me sentí fatal.

Emily empezó a entender.

–¿Quieres decir que Giovanni no...?

–¡Él no hizo nada! Yo había bebido mucho y empecé a provocarlo, y él es tan caballeroso que no me rechazó –sorbió ruidosamente por la nariz–. Fui yo quien lo empezó todo, Ellie... ¿Podrás... podrás perdonarme?

Emily la abrazó. La invadía un alivio tan intenso que se sentía mareada.

–Pues claro que te perdono, Coral –le dijo. No sólo se sentía aliviada, sino también avergonzada al recordar cuál había sido su reacción y cómo se había comportado con Giovanni. El mensaje que le había dado con sus celos no podía estar más claro. Estaba enamorada de él.

Cada vez que sonaba su móvil, Emily esperaba que fueran noticias sobre Rupert. En más de una ocasión estuvo tentada de llamar a Giovanni, pero siempre se lo pensaba mejor y no lo hacía. Él le había dicho que la informaría de cualquier cambio, por lo que, si no la llamaba, quería decir que todo seguía igual. Emily no conocía a Rupert, pero nunca olvidaría la expresión de Giovanni al salir del hospital.

No fue hasta el jueves por la tarde cuando Giovanni la llamó. Al oír su voz el corazón le dio un vuelco en el pecho.

–¡Giovanni! Llevo días esperando tu llamada. ¿Cómo está Rupert? –le preguntó atropelladamente, temiendo oír la respuesta.

–Rupert va a ponerse bien –respondió él–. Anoche despertó del coma, y los médicos creen que va a recuperarse por completo.

Emily se percató de los frenéticos latidos de su corazón. Al fin latía de alivio. Pero ¿por qué? ¿Qué le importaba a ella cómo estuviera un desconocido?

Pues claro que le importaba... Había sufrido mucho por los padres de Rupert, y sobre todo por Giovanni, cuya felicidad parecía ser mucho más importante para ella de lo que había imaginado.

–Es fantástico, Giovanni –exclamó–. Cuéntamelo todo. ¿Cuál fue la causa del infarto?

Giovanni tardó unos momentos en contestar.

–No puedo contártelo todo por teléfono. Aún estoy en el hospital, y la verdad es que me gustaría verte. ¿Podemos encontrarnos en algún sitio esta noche?

–¡Pues claro que sí! Oh, Giovanni... estoy muy contenta por ti, y por Rupert y sus padres. Temía... temía lo peor al no recibir noticias tuyas.

–Todos lo temíamos –afirmó él.

Emily pensó rápidamente en la cita. No quería invitar otra vez a Giovanni a su piso.

–¿Qué te parece si nos vemos junto al río, en el London Eye, a las siete y media? Podemos tomar un café o una copa en alguna parte.

–Muy bien –corroboró él.

Cuando acabó todo lo que tenía que hacer en la oficina ya eran las seis y media, por lo que tendría que darse prisa si no quería hacer esperar a Giovanni. En los aseos se cambió la ropa de trabajo por un bonito vestido rosa, se retocó el maquillaje y se recogió el pelo en una cola de caballo. Mirándose al espejo se preguntó por qué le importaba tanto su aspecto, pero la respuesta estaba muy clara. Le importaba porque iba a ver a Giovanni Boselli, y quería que a él le gustase lo que viera. Permaneció unos momentos observando su reflejo. No había tenido intención de ahondar en aquella relación, pero ya no podía hacer nada por impedirlo. Tal vez pudiera encontrar mil razones para no volver a ver a Giovanni... pero no era eso lo que quería.

Se apartó con decisión del espejo y salió del edificio. La única razón por la que iba a ver a Giovanni era para que le contase todo sobre su amigo.

Llegó a la imponente noria junto al Támesis con veinte minutos de retraso. Localizó a Giovanni enseguida, al mismo tiempo que él la veía. Giovanni caminó rápidamente a su encuentro y la agarró de la mano mientras la miraba con una sonrisa.

–Me alegro de verte, Emily. Me he tomado la libertad de reservar un paseo en barco. ¿Te parece bien?

—Perfecto —respondió ella. Le encantaba pasear en barco, y sería muy relajante hacerlo a esa hora del día.

Giovanni la llevó hasta los muelles y la ayudó a subir a bordo. Sólo había unas pocas personas en cubierta y Giovanni la acomodó en uno de los asientos de popa. A continuación se sentó a su lado y le pasó el brazo por los hombros. Emily lo miró a los ojos y sintió un delicioso calor recorriéndole todo el cuerpo. Tragó saliva y apartó la mirada para ver cómo soltaban amarras y cómo las gaviotas planeaban sobre el barco.

—Gracias por posponer cualquier plan que tuvieras para esta noche, Emily —le dijo él, rompiendo el silencio.

—No tenía ningún plan —respondió ella—. Y quería que me contaras lo de Rupert —dudó un momento, pero no le parecía que aquél fuera el mejor momento para comentar lo ocurrido el sábado por la noche... en caso de que alguna vez se atreviera a sacar el tema—. Creía que nunca ibas a llamarme, y cada día me temía lo peor.

—Sí... —la apretó con fuerza—. Siento no haberte llamado, pero no había nada que contar. La espera fue horrible, Emily. Era una auténtica pesadilla.

—¿Estuviste en el hospital todo este tiempo?

—Casi todo el tiempo, sí —respondió él—. No podía dejar a los padres de Rupert.

Le contó cómo se habían apoyado mutuamente, recordando los viejos tiempos, hablando de los nuevos planes y esperanzas para el futuro, cualquier cosa que ayudara a soportar el agónico paso de las horas. En un par de ocasiones Rupert pareció volver en sí, pero enseguida volvía a quedar inconsciente.

Y mientras Giovanni hablaba, Emily se apretaba contra él como si quisiera compartir su dolor y su alivio. La sensación de su cuerpo era tan deliciosa y provocativa que a Giovanni le costó reprimirse y no decirle lo mucho que la deseaba.

Intentó guardar la compostura y bajó la mirada a las aguas del río.

–¿Te has fijado en lo lejano que parecen el tráfico y los edificios, aun estando en medio de la ciudad?

–Sí –dijo ella–. El agua parece aislarte de todo. Pero sigue contándome lo de Rupert.

Giovanni respiró hondo y terminó de contarle el dramático relato. Rupert había despertado la noche anterior, cuando las enfermeras habían hecho su última ronda y Giovanni se disponía a volver al hotel. Estaba apretándole la mano a Rupert, despidiéndose, cuando de repente su amigo abrió los ojos y lo saludó perezosamente.

Emily percibió cómo se le trababa la voz al rememorar el emotivo suceso y, sin pensar en lo que hacía, sacó un pañuelo del bolso para secarle las lágrimas que resbalaban por sus mejillas. Él no hizo ademán de impedírselo, pero su muestra de sensibilidad no le restaba un ápice de su virilidad. Al contrario. Aquellas lágrimas formaban parte de su fuerza.

–¿Y ahora qué? –le preguntó ella.

–Bueno, aún le queda una larga recuperación por delante, pero lo peor ya ha pasado, y Rupert es un hombre fuerte. Aunque como bien se encargó de recordarnos su madre, una vez que dejó de bailar alrededor de su cama, es que a todos nos llega la hora... y no merece la pena postergar lo que uno realmente desea.

Sentados en la cubierta del barco, viendo las luces que iluminaban la orilla, no había necesidad de decir nada más. Giovanni se sentía feliz, no sólo por la recuperación de su amigo, sino también por la incomparable sensación que experimentaba al ser abrazado por Emily.

Ella le había respondido como él estaba acostumbrado con las mujeres, y en la última media hora había sentido cómo se derribaban las barreras emocionales entre ellos. Tal vez aún tuviera una oportunidad...

En cuanto a Emily, con la cabeza apoyada en el cuello de Giovanni, sólo podía maravillarse con el hombre al que estaba abrazada. Era un amigo fiel y leal, pero también podía ser extremadamente vulnerable. Por no mencionar sus otros atributos, como su arrebatador atractivo físico y una enorme sensualidad con la que podía derretir el corazón más frío. Emily recordó que no quería ceder a la tentación. Intentó ver a Giovanni como una amenaza, como un peligro, como un suculento pastel de chocolate envenenado, pero toda resistencia era inútil.

Y entonces, como si fuera lo más natural del mundo, Giovanni la tomó en sus brazos como si fueran dos amantes en un romántico paseo por el río, e inclinó la cabeza para besarla en los labios. Y Emily respondió instintivamente, abandonándose a la embriagadora sensación de sus bocas unidas. Todo el cuerpo le palpitaba de deseo, todas sus dudas se desvanecieron en la brisa. Giovanni deslizó la mano dentro del vestido y le agarró un pecho. La piel de Emily respondió instantáneamente a la presión de sus dedos. Tan intensas eran las sensaciones que le costó controlar la respiración.

Ninguno de los dos fue consciente del tiempo que pasaron besándose. Lo que ambos sí sabían era que aquel momento podría durar para siempre, sin que nada interrumpiera la mágica pasión que los envolvía.

Finalmente, Emily recuperó parte de su autocontrol y se echó hacia atrás, apartándose un mechón de la frente. Giovanni también se retiró y la miró fijamente, con sus ojos negros ardiendo de deseo contenido.

–Creo que nos vendría bien un trago –dijo con voz ronca–. Y comer algo, también... –añadió, aunque la comida era lo último que se le pasaba por la cabeza en esos momentos–. Estamos volviendo al muelle. Desembarcaremos dentro de unos minutos.

–Conozco un sitio cerca de aquí donde podemos tomar algo –dijo Emily–. Y luego tendré que irme a casa, Giovanni.

–Claro –respondió él–. Te agradezco mucho que hayas podido verme esta noche, Emily.

Ya había oscurecido por completo y toda la ciudad estaba encendida. Emily ni siquiera se atrevió a mirarse a su espejo de bolsillo, temiendo encontrarse con el reflejo de la pasión que la había consumido por entero. Pero no se arrepentía de la experiencia. No se arrepentía en absoluto...

Giovanni era el primer italiano al que había conocido íntimamente, y la impresión no podría haber sido más alucinante. No podía ni imaginarse lo que podría haber sucedido si hubieran tenido más intimidad...

Desembarcaron y comieron en el sitio que Emily había sugerido.

–Por cierto –dijo Giovanni mientras tomaban el café–, tengo una invitación muy especial para ti, Emily –ella lo miró con expectación–. Mi madre cumple sesenta años en octubre y va a celebrar una gran fiesta –la miró fijamente, derritiéndole el corazón con el fuego de sus ojos–. ¿Querrás asistir, Emily? Por favor, di que sí. Yo te llevaré.

Emily no pudo evitar sonreír como una tonta. Nunca se hubiera esperado aquella clase de invitación. ¡Apenas acababa de conocer a la madre de Giovanni!

–¿Cuándo será, exactamente?

–El veintiocho de octubre... Espero que estés libre en esa fecha.

–Tendré que mirar mi agenda –dijo ella, aunque sabía muy bien que no tenía nada previsto para el mes de octubre–. Pero gracias por invitarme.

Tendría que inventar alguna buena excusa para declinar la invitación, sobre todo después de lo que había pasado en el barco. El sentido común la estaba previniendo a gritos. Giovanni era encantador y ella empezaba a adorarlo más allá de la razón. Pero la desconfianza estaba demasiado arraigada en su interior y no podía librarse de ella... No, no iría a Italia con Giovanni Boselli para el cumpleaños de su madre ni para ninguna otra cosa.

Definitivamente, no iría

Capítulo 11

AL CABO de una semana llena de incidentes, Emily decidió que, en lo referido a las relaciones, iba a tomarse un descanso y a no pensar en nada ni en nadie. Ni en el coma de Rupert, ni en el anuncio de su padre, ni en la confesión de Coral ni, sobre todo, en el beso de Giovanni en el barco.

Pero el merecido descanso no le duró mucho. Una mañana recibió una llamada al móvil, y frunció el ceño al oír la voz de Coral. Las dos amigas casi nunca se llamaban en horario laboral.

–Hola, Coral... ¿Qué ocurre?

–No vas a creértelo, Ellie. Steve acaba de llamarme y parecía sentirse fatal. Ha dicho que tiene que verme... Algo va mal, lo sé... ¡Creo que está enfermo!

Emily sonrió. Coral siempre sería una buenaza. Después de la forma tan cruel que Steve había tenido de abandonarla, ella seguía preocupada por él.

–¿Qué más te ha dicho?

–No mucho. Sólo que tiene un problema y que necesita verme. ¿Crees... crees que debería verlo y hablar con él, Ellie?

–No hay nada malo en hablar con él, Coral –respondió Emily, recordando lo dolida y destrozada que se había quedado su amiga por culpa de Steve–. Mientras todo quede en eso.

Al colgar, se quedó mirando al vacío unos minutos.

La forma en que Steve se había comportado había estado completamente fuera de lugar. No sólo había destrozado a Coral, sino que a Emily la había dejado absolutamente perpleja. Siempre había visto a Steve como un hombre bueno y decente. ¿Cómo podía transformarse de repente en una persona tan cruel? Apretó fuertemente los labios... Ella también había sufrido un golpe semejante y nada ni nadie debería sorprenderla. Todo el mundo podía cambiar, incluso los conocidos de toda la vida. Por ello había que desconfiar de la gente, y de los hombres en particular.

Sentía curiosidad por la inesperada llamada de Steve, pero no quiso llamar otra vez a Coral. Tenía mucho trabajo pendiente y no podía perder un segundo. No regresó a casa hasta las siete y media, y sorprendentemente, Coral ya estaba allí.

–¿Y bien? –le preguntó Emily–. ¿Cómo ha ido? ¿Qué le pasaba a Steve?

–Me ha pedido que lo perdone. Quiere saber si podemos volver a intentarlo.

Otra sorpresa más... Que Emily supiera, Steve no había vuelto a llamar a Coral desde la ruptura.

–¿Y tú qué le has dicho?

–Mi primer impulso fue decirle que tendría que pensarlo con calma –respondió Coral–. Pero no pude decirle eso, Ellie. Lo único que quería era abrazarlo con todas mis fuerzas y decirle que sí, que podíamos volver a intentarlo y que esta vez saldría bien –sacudió tristemente la cabeza–. Nunca he dejado de quererlo. Intenté odiarlo y por un tiempo creí conseguirlo, pero cuando nos pusimos a hablar me di cuenta de que estaba equivocada. Él me dijo tantas veces que lo sentía que tuve que decirle que se callara.

–Toda la culpa fue suya –le recordó Emily con delicadeza.

–Él fue quien me abandonó –admitió Coral–. Pero no todo es tan simple como parece, Ellie –dudó–. Yo también tengo mi parte de culpa. Me acomodé a nuestra relación, convencida de que Steve siempre estaría ahí, y empecé a tratarlo como si fuera un amigo y no una pareja. Nuestra relación se fue estancando cada vez más, sin que yo hiciera nada por evitarlo –se levantó y se acercó a la ventana–. El año pasado Steve me propuso... un compromiso más serio. Y yo le dije que... aún no estaba preparada.

–¿Cómo? –preguntó Emily–. ¿Por qué lo hiciste? ¿Acaso tenías dudas?

–No, no, claro que no. Se lo dije porque Marcus y tú acababais de romper –se giró para mirar a Emily–. ¿Cómo te habrías sentido si me hubieras visto con un anillo de compromiso? Por eso le dije a Steve que no había prisa, que podíamos esperar un poco... Y todo siguió igual.

A Emily la aterraba pensar que hubiera sido ella la causante de todo.

–No deberías haber rechazado a Steve por mí, Coral. Pudo haber sido el mayor error de tu vida.

Coral sonrió.

–No lo creo... Hoy hemos estado en un bar, agarrados de la mano y mirándonos como una pareja de enamorados. Él es mi hombre, y así se lo he dicho.

Emily respiró de alivio y de alegría. Siempre había creído que Coral y Steve estaban hechos el uno para el otro, y por ello se había extrañado tanto de su ruptura. Se acercó a Coral y le dio un fuerte abrazo.

–Así que lo has perdonado –le dijo en tono burlón.

–Nos hemos perdonado el uno al otro. Pero no vamos a precipitarnos.

–Una decisión muy sabia.

–Vamos a ir despacio... ¡Al menos hasta la semana que viene!

Dos semanas después, Giovanni regresó a Londres con el irrefrenable deseo de volver a ver a Emily. Era un lunes por la mañana y sabía que estaría en la oficina, a menos que la hubieran enviado al extranjero. Cruzó los dedos mientras esperaba a que respondiera al móvil, y al oír su voz casi soltó una exclamación de júbilo. Estaba en Inglaterra... ¡a diez minutos a pie!

–Emily... –la saludó, y ella sintió un arrebato de emoción al oírlo, a pesar de todas las razones que se había dado a sí misma para mantener las distancias.

–Oh, Giovanni... Has vuelto –le dijo, como si fuera una sorpresa.

En realidad, él la había informado de sus planes un par de días antes. La había telefoneado con frecuencia mientras estaba en Italia, manteniéndola informada sobre la mejoría de Rupert y otras cosas sin importancia, y en cada llamada Emily buscaba alguna excusa para colgar cuanto antes, diciéndole que estaba ocupada o que iba a meterse en la ducha. Cualquier cosa antes de caer bajo el hechizo de su voz.

Y Giovanni sabía muy bien lo que estaba pasando. Estaban jugando al gato al ratón, y los continuos esfuerzos de Emily por evitarlo no hacían sino incrementar la determinación de Giovanni por atraparla. Porque tenía muy claro que ella y no otra era la mujer con la que quería pasar el resto de su vida. La intuición no lo engañaba. Sabía que podría amarla y hacerla feliz para siempre. Lo único que tenía que hacer era convencerla de aquella incuestionable verdad. Y conseguir que ella también lo amara a él.

–Claro que he vuelto –dijo–. Siempre tengo un montón de trabajo pendiente en Londres.

–Entonces apenas tendrás tiempo libre... –empezó ella, pero él la cortó.

–Siempre tengo y tendré tiempo para hablar con una mujer hermosa.

–Claro... y seguro que tienes a muchas mujeres así a tu alrededor.

–Mmm... pues yo no veo a ninguna –replicó él. No habría ninguna mujer en el mundo que pudiera rivalizar con Emily–. ¿Puedo verte esta noche?

Emily se mordió el labio. Había intentado enfriar sus sentimientos por Giovanni mientras él estaba en Italia. Se había esforzado al máximo para mantenerse ocupada y pensar en otras cosas. Coral y ella habían limpiado el piso a fondo, algo que no hacían muy a menudo, ya que nunca coincidían el tiempo suficiente para hacerlo. Además, Emily había empezado a pintar otro cuadro. Pero ni siquiera así podía bloquear por completo sus pensamientos. De hecho, cada vez que pasaba el pincel sobre el lienzo volvían a asaltarla los recuerdos de lo que pasó en el barco. Aún podía sentir la marca de Giovanni en sus labios y el anhelo que ardía en sus venas. Deseaba a Giovanni a pesar de todo, quería llevar la pasión a sus últimas consecuencias. La habían besado muchísimas veces, pero nunca había sentido una intensidad ni una excitación semejante. ¿Cómo acabaría todo? ¿Cómo podía acabarlo ella?

–Lo... lo siento. Esta noche estoy ocupada –murmuró–. Le prometí a Coral que la ayudaría con una cosa.

Silencio.

–Oh, bueno, no importa –dijo Giovanni, obviamente decepcionado–. Pero ¿vas a estar ocupada todas las no-

ches? ¿Podría verte mañana, o el miércoles? –esperaría
lo que hiciera falta, se dijo a sí mismo.

–Bueno, sí... el miércoles –aceptó Emily. Su intención era ponérselo lo más difícil posible, pero no podía
mostrarse descortés. Él no se merecía un trato tan
arisco.

Pero ¿cómo si no podía conseguir que captara el
mensaje? Tenía que hacerle entender que temía confiar en él, o que nunca estaría dispuesta a compartirlo
con ninguna otra mujer. El corazón se le endureció al
recordar el picardías que había visto en su cuarto de
baño.

–¿Nos vemos en la puerta de mi oficina a las seis y
media? –le propuso–. ¿Habrás acabado de trabajar para
esa hora?

–El miércoles a las seis y media –confirmó él–. Te
contaré los planes para la fiesta sorpresa de mi madre.

Emily cerró el móvil y miró por la ventana. La fiesta
de su madre... Giovanni estaba dispuesto a incluirla en
una celebración familiar.

Suspiró y empezó a introducir datos en su ordenador.
No iría a Italia, pensó. Ni a una fiesta ni a ninguna otra
cosa. No en compañía de Giovanni Boselli. No, no, no.
Jamás. Con ello sólo conseguiría prolongar su agonía.

Tres semanas después, el sábado por la noche, Giovanni detuvo el coche frente a la impresionante mansión que se levantaba en lo alto de la colina. Emily
ahogó una exclamación de asombro. No sabía exactamente lo que iba a encontrarse, y lo que vio la pilló totalmente por sorpresa. El paraje era espectacular, y el
imponente edificio de piedra destacaba a la luz del cre-
púsculo en medio de los extensos olivares. Emily miró

maravillada a su alrededor mientras Giovanni detenía
el coche junto a las columnas de la entrada.

—¿Ésta es tu... «casa de campo»? —le preguntó ella—.
¿O sólo estamos de paso?

—Ésta es la choza de mi familia, sí —respondió él—.
El único hogar verdadero que he conocido.

¿La choza de su familia? Era un auténtico palacio...

—Es preciosa, Giovanni. ¿Por qué quieres vivir en
otro sitio?

Él esbozó una enigmática sonrisa.

—Vamos. Debes de estar muy cansada por el viaje, y
seguramente tengas hambre.

Salieron del coche y subieron los escalones de piedra
para entrar en un vestíbulo impresionante, de altos ven-
tanales y suelo de baldosas. Emily se quedó boquiabierta al levantar la mirada al alto techo abovedado. Los
dueños de aquella casa debían de ser gente muy rica.
Giovanni nunca le había insinuado que su familia fuera
tan poderosa.

Una bonita mujer italiana salió a recibirlos.

—Ah, Rosa... Ésta es Emily. ¿Te importa enseñarle
su habitación, por favor?

—Con mucho gusto, Giovanni —respondió la mujer,
mirándolo con una expresión reverencial. Le sonrió a
Emily, agarró su pequeña maleta y la condujo hacia la
amplia escalinata. Así que también había criados, pensó
Emily... Lógico. Una casa de aquellas dimensiones necesitaría un montón de personal.

A solas en su enorme habitación, Emily la recorrió
con la mirada y caminó lentamente hasta la ventana.
Los postigos estaban abiertos y se disfrutaba de una
vista fenomenal. Kilómetros y kilómetros de campiña
que se perdían en el horizonte e interminables hileras
de olivos y vides alrededor de la casa. Bajo su ventana

había una piscina, flanqueada por árboles y flores, y rodeada de tumbonas, mesas y sombrillas, plegadas en esa época del año.

Alguien había dejado encendidas las lámparas a ambos lados de la cama. Mientras Emily deshacía su escaso equipaje se sintió incómoda e irritada consigo misma. Después de insistirle mucho, Giovanni había conseguido persuadirla para que lo acompañara a Italia. Pero en aquella mansión tan majestuosa no podía evitar sentirse fuera de lugar. ¿Quién más asistiría a la fiesta? ¿Cómo iba a codearse con el resto de invitados? Se encogió de vergüenza al pensar en su piso y en Giovanni cenando en la diminuta mesa del salón. El piso de Giovanni en Roma era espectacular, pero no podía compararse a aquella casa... Y él no le había dicho nada. ¿Acaso su intención había sido impresionarla? Seguramente. La familia Boselli debía de pertenecer a la aristocracia italiana, por lo menos.

Terminó de deshacer el equipaje y examinó su ropa. Aquella noche no supondría ningún problema, ya que Giovanni le había asegurado que cenarían los dos solos. Bastaría con sus pantalones color crema y su camisa morada, aunque se alegraría de contar con su chal favorito. Había sido un regalo de cumpleaños de su padre, dos años antes. Sabía que debía de haberle costado una fortuna, porque en un extremo llevaba cosido el famoso logotipo de una prestigiosa firma de alta costura. Estaba hecho de lana perlada con finas rachas multicolores, y combinaba alegremente con cualquier otra prenda.

Pero para la fiesta del día siguiente no estaba tan segura. Confiaba en que su vestido fuera apropiado, aunque no fuese nuevo. Al fin y al cabo, no había tenido tiempo para salir de compras antes de ir a Italia. Era un vestido de seda tres cuartos, de color verde esmeralda,

escotado y que realzaba su estrecha cintura y sus cade-
ras. Sonrió mientras lo colgaba con cuidado en una percha. Era el único vestido de diseño que se había comprado en su vida, y la única persona aparte de ella que
sabía en qué tienda de segunda mano lo había adquirido
era Coral. Al volver a admirarlo se preguntó quién se
lo habría puesto antes que ella, y por qué esa persona
había decidido donarlo. ¿Tal vez su dueña había engor-
dado? Bueno, fuera como fuera, ella jamás se desharía
de un vestido tan bonito.

Al cabo de un rato llamaron a la puerta y Emily
abrió para encontrarse con Giovanni.

—¿Va todo bien, Emily? —le preguntó, mirándola de
arriba abajo—. ¿Tienes todo lo que necesitas?

Juntos bajaron la escalera, y Giovanni le agarró suavemente del codo para descender los últimos escalones.

—Cenaremos en el jardín... Ya han instalado los ca-
lentadores.

—¿Dónde está María? —le preguntó ella con curiosidad. Hasta el momento, sólo había visto a Rosa.

—Está cenando con unos amigos.

Una robusta mujer italiana les llevó una botella de
vino en un cubo con hielo. Le sonrió alegremente a
Emily y dejó el cubo delante de Giovanni, quien procedió inmediatamente a descorcharla mientras hacía las
presentaciones.

—Ésta es Emily, y ésta es nuestra irreemplazable
Margarita, que lleva cocinando para nosotros desde que
puedo recordar.

—*Allora* —murmuró Margarita, antes de marcharse
para servir la cena.

Después de haber tomado una comida deliciosa,
Giovanni sirvió el café y miró a Emily, quien apenas
había abierto la boca durante la velada.

–¿Ocurre algo, Emily? ¿Te encuentras bien?

–Estoy muy bien, gracias –respondió ella–. Pero me siento un poco confusa –intentó encontrar las palabras adecuadas–. No sabía qué clase de lugar iba a encontrarme y... me ha pillado por sorpresa.

Giovanni suspiró y se recostó en la silla.

–Lo sé, y te pido disculpas por ello. Pero siempre me resulta muy difícil hablarle a la gente de mi familia. ¿Te suena la marca Antonio?

–¿Te refieres a Antonio... la firma de alta costura? –preguntó ella–. Pues claro que me suena.

Toda mujer conocía sus innovadores diseños, codiciados por miles de clientes.

–Bueno, pues ésa es mi familia. El negocio... y la carga que supone –esperó un momento antes de continuar–. Todo lo empezó mi bisabuelo, Antonio, un hombre con mucho talento para los diseños y los negocios quien tuvo la suerte de enamorarse y casarse con una consumada costurera. Al igual que todas las grandes empresas, comenzó de una forma muy humilde. Pero poco a poco fue creciendo hasta convertirse en el imperio que es hoy –bebió de su taza sin mirar a Emily, quien no podía creerse lo que estaba oyendo. La marca Antonio era famosa por la calidad de sus tejidos, su incomparable estilo y sus precios.

Giovanni dejó la taza y siguió hablando.

–Pero el éxito en los negocios no se tradujo en felicidad familiar. Antonio tuvo dos hijos. Uno murió muy joven, por lo que fue mi abuelo y su mujer quienes recogieron el testigo. Ellos tuvieron a mi padre y su hermano, Aldo, pero mi padre también murió muy joven y yo me quedé a cargo de la empresa... con la ayuda de mi madre, naturalmente.

–¿Qué pasó entre Aldo y tú? –le preguntó Emily.

Sentía que tenía derecho a formular cualquier pregunta que quisiera.

Giovanni puso una mueca.

–Hace unos años Aldo tuvo un comportamiento bastante indigno con alguien de la competencia. El asunto fue muy grave y la imagen de la empresa salió muy mal parada. La junta directiva quería echarlo, pero yo... los convencí de que Aldo debía quedarse al formar parte de la familia. Se acordó pagarle un salario más reducido así como el colegio de sus hijos. Ahora sólo desempeña un papel puramente nominal en la empresa y no interviene en las decisiones importantes. Pero... –se encogió de hombros– me guarda rencor por ser yo quien heredara todas las propiedades de mi padre y haberme convertido en el mayor accionista, de manera que todo lo que yo diga, se hace.

–¿Dónde están las instalaciones?

–Al principio todo se hacía aquí, pero ahora poseemos muchas naves industriales a las afueras de Roma. Allí hay espacio para todos.

Emily juntó las manos en su regazo y miró a Giovanni con curiosidad.

–Pero ¿por qué todo este secretismo? ¿Por qué no me has dicho nada hasta ahora? No sé... ¿Se supone que debo hacer una reverencia o tocar un redoble de tambor? –le preguntó con sarcasmo.

–¡No! –exclamó él, horrorizado–. Nada de eso, Emily. ¡Es mucho peor admitir que eres rico que admitir que no tienes nada! ¿Qué debería decir? «Hola, me llamo Giovanni Boselli, he heredado la firma de costura Antonio, soy millonario y tendré que cargar con esa responsabilidad el resto de mi vida». Es muy difícil hacer amigos sinceros que...

–¡Ya lo entiendo! –lo interrumpió ella–. Siempre estás con la mosca detrás de la oreja por el acecho de las cazafortunas, ¿no? Vaya... me sorprende que hayas tardado tanto en darte cuenta de que no tengo el menor interés en quién seas, lo que poseas ni de dónde vengas –la furia de Emily se avivaba más a cada palabra que espetaba. Giovanni se inclinó sobre la mesa y acercó el rostro al suyo.

–Desde el principio supe la clase de mujer que eres, Emily –le aseguró con vehemencia–. Pero estoy tan desencantado con las personas que me resulta muy difícil volver a confiar en alguien. Me han hecho mucho daño... y yo también lo he hecho –volvió a echarse hacia atrás y siguió hablando, más calmado–. No he dudado de ti ni un solo instante, y déjame decirte que sí creo en el amor a primera vista. Te quiero, Emily. Te quiero más de lo que podría expresar con palabras... Y no me mires así, porque te lo estoy diciendo completamente en serio. Pero también deseo que tú me quieras, deseo gustarte, deseo que quieras estar conmigo sin que nada, absolutamente nada, pueda interponerse en nuestra felicidad –se calló y le clavó una mirada tan intensa que Emily sintió que se mareaba.

A pesar de todas sus defensas, Emily supo que corría peligro de declararse ella también. Había intentado negar sus sentimientos durante mucho tiempo, había intentado convencerse de que era una equivocación, pero cada día que pasaba le resultaba más difícil ignorar la verdad.

Agarró su taza con una mano temblorosa y sorbió lentamente. Giovanni esperaba una respuesta suya, pero ella sentía muy alterada y dolida a pesar de la sincera declaración que acababa de oír. Giovanni había estado poniéndola a prueba, juzgándola, analizándola, sopesando sus virtudes y defectos como una posible esposa...

Se sentía insignificante y estúpida, y lamentaba haber aceptado aquella invitación. Su instinto le había advertido que no lo hiciera, pero Giovanni Boselli siempre conseguía lo que quería y la había convencido.

Respiró hondo, intentando calmarse. Ahora estaba allí y no podía avergonzar a nadie, ni siquiera a sí misma, con una actitud arisca y malhumorada. No podía fastidiar la fiesta de María. Pero tampoco sabía cómo comportarse en aquel ambiente tan nuevo y extraño para ella. Ni sabía cómo tratar a Giovanni después de lo que le había dicho...

—Me voy a la cama —anunció—. ¿Te importa que sigamos hablando en otro momento?

Al día siguiente por la noche, después de los impresionantes fuegos artificiales que pusieron fin a los festejos, Emily se encerró en su habitación con la cabeza a punto de estallarle. Nunca en su vida había estado en una fiesta como aquélla. Horas antes Giovanni las había llevado a su madre y a ella a dar un largo paseo en coche por el campo y los pueblos cercanos. Y cuando regresaron a casa a las siete de la tarde... la mansión y el entorno parecían haberse transformado en un decorado de cine. Luces de colores colgaban de cada árbol, las flores cubrían hasta el último rincón del patio y cientos de personas elegantemente vestidas esperaban para felicitar a María. Emily temía que fuera demasiado para ella, pero a juzgar por el brillo de sus ojos mientras abrazaba a su hijo y a sus amigos, era evidente que estaba en su elemento.

Emily y María habían subido a sus habitaciones para cambiarse de ropa antes de volver a la fiesta. Un grupo de música se había colocado en un rincón elevado del patio y animaba con canciones populares la concurrida velada, mientras un ejército de camareros circulaba entre los invitados con bandejas de deliciosos canapés. Eran tantos los asistentes que resultaba imposible atenderlos a todos, pero Giovanni les presentó a Emily tantos como pudo. En un momento que se quedó sola, Emily recorrió la multitud con la mirada en busca de la hermosa chica de la foto, pero no la vio por ninguna parte.

Y sin embargo... estaba segura de que aquella mujer debía de contarse entre los invitados. Era lógico que estuviese allí

Antes de acostarse, Emily sacó de la maleta el regalo que había llevado para María. La madre de Giovanni había recibido tantos regalos en la fiesta que debía de haber perdido la cuenta, y Emily había decidido que esperaría al día siguiente, cuando era realmente su cumpleaños, para entregárselo. Temía que no fuera lo bastante bueno para ella, después de haber visto los regalos tan costosos que le habían hecho sus invitados más adinerados. El regalo que en esos momentos sostenía en sus manos era una de sus acuarelas enmarcadas, y mostraba una oca con sus polluelos en fila avanzando por un sendero hacia un estanque. Sonrió al recordar de dónde sacó la inspiración. Fue en una calurosa tarde de verano del año anterior. Coral y ella habían ido al campo y allí se encontraron con la pintoresca escena. Emily la memorizó al detalle para después pintarla, y, cosa extraña en ella, había quedado muy satisfecha con el resultado.

Se desnudó y se metió en la cama, pensando en el día tan extraño que había vivido. Le parecía casi surrealista. Había pasado casi todo el tiempo con Giovanni, pero ninguno de los dos se había referido a la conversación que mantuvieron la noche anterior. Aunque la presencia de María tampoco facilitaba hablar del tema, precisamente. Era como si la conversación nunca hubiera tenido lugar.

De vez en cuando sorprendía a Giovanni mirándola, pero evitaba deliberadamente su mirada. Aún se sentía completamente perdida entre tanta opulencia y glamour, y le costaba creer que un rico heredero como Giovanni Boselli quisiera incluirla en su distinguida familia. Le había dicho que la amaba, y realmente parecía decirlo en serio, pero también Marcus había sido muy convincente en sus mentiras.

Se dio la vuelta en la cama. Debería haber escuchado a su instinto y haberse quedado en Londres.

Mucho más tarde, se incorporó en la cama y apoyó la cabeza en las rodillas. A ese paso nunca conseguiría dormirse, pensó con desesperación. La música y el ambiente de la fiesta la habían desvelado, como también las confesiones de Giovanni cuando estaban a solas. Pero el silencio sepulcral de la noche era aún peor...

Encendió la lámpara de la mesilla y miró el reloj. Eran más de las tres de la mañana, pero aún quedaban muchas horas para que amaneciera. Se levantó y fue al cuarto de baño a beber un vaso de agua. Quizá la ayudara a erradicar los efectos de todo el champán consumido.

A continuación, se acercó a la ventana y abrió los postigos para contemplar una escena que ya se le antojaba familiar. Era una imagen idílica. La luna se reflejaba en el agua de la piscina, acariciada por la suave brisa nocturna. Emily memorizaba los detalles como siempre hacía... Quizá algún día quisiera pintar lo que ahora contemplaba.

De repente captó un movimiento que le llamó la atención. Dos figuras entrando en el patio, con los brazos entrelazados y las cabezas muy juntas. Emily retrocedió rápidamente. ¡Eran Giovanni y esa mujer! La mujer de la foto... Era difícil estar segura con tan poca luz, pero sí, no había duda. Era ella, y miraba a Giovanni mientras él le susurraba algo al oído y le besaba el rostro con la dulzura de un amante.

A Emily se le secó la garganta y se dio cuenta de que le temblaban las piernas. Pero ¿por qué reaccionaba de esa manera? ¿Acaso no era aquello lo que se había esperado todo el tiempo? Lo que acababa de ver no hacía más que confirmar sus sospechas. A Giovanni Boselli le gustaban las mujeres, cuantas más mejor, y no había más que hablar.

Algo la acució a seguir mirando. Los dos se habían sentado junto a un gran arbusto que casi los ocultaba a la vista, pero lo que estaban haciendo no podría estar más claro. La mujer tenía la cabeza apoyada en el hombro de Giovanni y él la abrazaba con ternura. Y Emily descubrió, horrorizada, que estaba celosa... Celosa de aquel hombre con dos caras que el día anterior le había declarado su amor sincero. Giovanni debía de pensar que era tonta si esperaba que lo creyese.

Se apartó de la ventana y cerró los postigos sin hacer ruido, y sólo entonces se permitió llorar amargamente. ¿Qué demonios le pasaba? Ella no quería a Giovanni, no quería ser nada para él, no quería formar parte de su vida...

Entonces, ¿por qué se sentía como si le hubieran arrancado el corazón?

Capítulo 12

A LA MAÑANA siguiente Emily se despertó con una profunda sensación de cansancio y desánimo. Deseaba estar en su pequeño piso de Londres, sin escaleras de mármol, piscinas ni extensos olivares... Y sin Giovanni Boselli.

Aún le quedaba un día antes de regresar a Inglaterra, y hasta entonces tendría que mostrarse lo más animada y amistosa posible. Pero ¿cómo podía alegrarse después de haber visto lo que había visto?

Al entrar en el comedor se encontró a Giovanni hablando con su madre. Los dos la miraron y él se levantó inmediatamente para saludarla.

–*Buon giorno, signorina* –le murmuró con su sensualidad acostumbrada, y a Emily le entraron ganas de darle un puñetazo.

–Hola, Giovanni –lo saludó mientras se apartaba deliberadamente de él–. Buenos días y feliz cumpleaños, María.

–Buenos días, Emily –dijo María, invitándola a sentarse junto a ella–. Muchas gracias. ¿Verdad que fue una fiesta maravillosa? ¡No me lo esperaba! Giovanni es muy bueno con su madre, ¿verdad? –la observó atentamente–. Esta mañana estás radiante, Emily. ¡Y qué vestido tan bonito llevabas anoche! ¿Conseguiste limpiar las manchas de sangre de aquel otro vestido?

Emily sonrió brevemente.

–No. Me temo que tendré que reservar ese vestido para vestirlo en casa o en el jardín.

–Lo que importa es que la chica del accidente no sufrió heridas graves –dijo Giovanni–. Llamé al hospital un par de días más tarde y me aseguraron que se pondría bien.

Tímidamente, Emily sacó el regalo de María de su bolso.

–Es sólo un detalle, María –le dijo–. Me temo que no puede competir con los regalos que recibiste anoche, pero... espero que te guste.

Colocó el paquete junto a María, quien se apresuró a desatar impacientemente el lazo.

–Nunca te disculpes cuando hagas un regalo –le dijo–. No tenías por qué regalarme nada, pero te lo agradezco... Sé que me va a encantar.

Retiró el envoltorio con cuidado y ahogó una exclamación de asombro al ver la pintura.

–Es... es precioso, Emily –murmuró, conmovida por la emoción.

–¿Es tuyo, Emily? –quiso saber Giovanni.

–Sí, es una escena que presencié un día que fui con Coral al campo. La oca llevando a sus poyuelos a darse un baño –sonrió–. Una pintura nunca es tan bonita como la realidad, naturalmente, pero creo que ésta se le acerca bastante.

–Es realmente buena, ¿verdad, mamá? Ya te hablé de las pinturas de Emily. ¿No te parece que son dignas de un pintor profesional?

Su madre permaneció unos momentos sin decir nada, limitándose a examinar el cuadro. Pero cuando miró a Emily tenía los ojos llenos de lágrimas.

–Este regalo es el más valioso de todos –le dijo–. No

sólo es un placer para la vista, sino que se aprecia el esfuerzo y el tiempo que se ha empleado en su elaboración –sacudió la cabeza–. Muchas gracias, *carissima*. Lo guardaré siempre con mucho cariño.

Emily se sintió un poco más animada. Su regalo había tenido una buena aceptación y ella había recordado que la vida era algo más que buscar pareja, amor y confianza. La felicidad podía encontrarse de muchas otras maneras. Decidió que cuando volviera a casa sacaría mucho más tiempo para pintar.

Siguieron desayunando sin que Emily mirase a Giovanni. Él era muy consciente de su frialdad, pero no le molestaba demasiado. Sabía muy bien cómo podían ser las mujeres, y aquella aparente indiferencia formaba parte de su encanto.

Terminado el desayuno, María se levantó y tocó a Emily en el brazo.

–Me gustaría enseñarte los jardines. Supongo que no habrás tenido tiempo para explorar el lugar, y un paseo al aire libre me sentará bien... Anoche bebí demasiado vino.

Giovanni también se levantó.

–Es una buena idea, mamá. Mientras tanto, les echaré un vistazo a los papeles que me enseñaste ayer. No me llevará mucho tiempo, pero Emily y yo tenemos que comer temprano. Quiero salir de aquí no más tarde de las tres, si te parece bien.

María llevó a Emily al jardín. Hacía un día precioso, aunque empezaba a hacer frío. María miró con aprobación el chal que Emily se había atado alrededor de los hombros.

–Veo que tienes muy buen gusto –dijo, tocando el chal–. Ésta es una de nuestras prendas.

–Es mi favorito –respondió Emily–. Todas mis amigas querrían tenerlo, y a mí me encanta. Me lo regaló mi padre.

–Hemos vendido muchos como éste –dijo María–. Y a ti te queda muy bien, Emily –entrelazó su brazo con el de Emily y siguieron caminando–. ¿Tienes planes para el futuro? –le preguntó de repente, pillando a Emily desprevenida.

–Yo... sí, más o menos –respondió ella con cautela–. Me gustaría seguir viajando para mi empresa, porque me ayuda a ganar seguridad en mí misma. Y también me gustaría tener tiempo para pintar, aunque lo veo difícil. Me gusta hacer cosas. Solía hacerle las cortinas a mi padre, pero no creo que vuelva a hacerlo.

–¿Por qué no?

–Bueno... Hace poco mi padre nos dijo a mi hermano y a mí que va a volver a casarse, así que será su nueva esposa quien se encargue de coser. Nunca me había imaginado que algo así pudiera suceder –admitió–. Mis padres siempre estuvieron muy unidos, y cuando mi madre murió, hace cuatro años, mi padre juró que ninguna mujer ocuparía su lugar y que jamás volvería a casarse. Pero... la vida da muchas sorpresas, y todo el mundo puede cambiar.

–¿Y a ti te molesta que quiera volver a casarse? –le preguntó María.

–¡Oh, no, no! –respondió Emily enseguida–. Me encanta volver a verlo feliz, y Alice parece ser una mujer maravillosa. Seguro que hacen muy buena pareja.

–¿Y qué me dices de ti? –insistió María–. ¿Tienes idea de casarte algún día?

–A veces creo que sí, y otras que no –se sentía muy cómoda hablando con María, y se animó a hacerle una pregunta más atrevida–. ¿Y Giovanni? Él también sigue soltero –desvió la mirada un segundo–. ¿Quién es la chica que aparece en la foto de su apartamento, María? Es muy guapa, y debe de ser alguien especial para Giovanni.

María hizo un mohín con los labios.

—Ah, sí... es Paulina, la mujer de mi hijo.

Emily se quedó anonadada. ¿La mujer de Giovanni?

—No... no sabía que estuviera casado —murmuró. No entendía nada. ¿Acaso había soñado las cosas que Giovanni le había dicho?

—Desgraciadamente, ya no lo está —dijo María con expresión apesadumbrada—. Paulina murió el año pasado y Giovanni se sumió en una depresión tan profunda que los médicos y yo le recomendamos que se tomara un largo descanso —sacudió tristemente la cabeza—. No soportaba ver a mi hijo tan desgraciado. Él no es así.

La perplejidad y el horror de Emily crecían por momentos. ¿Por qué Giovanni nunca le había contado aquel dramático episodio de su vida? ¿Cómo era posible guardar un secreto semejante? Y si la mujer del jardín no era su esposa... ¿quién era? ¿Otra de sus amantes, tal vez?

—Tuvo que ser una terrible pérdida —dijo, con una voz que no parecía la suya—. Debían de quererse mucho...

María volvió a apretar los labios. Empezaba a ser un gesto habitual en ella.

—Conocíamos a Paulina y a su familia desde siempre, y yo pensaba que era la mujer perfecta para Giovanni. Así se lo dije muchas veces... algo que quizá no tendría que haber hecho —se detuvo un momento—. Dos años después de casarse, Paulina cayó gravemente enferma, pero... me temo que las cosas no iban bien entre ellos —chasqueó con la lengua—. La vida es un crisol de cosas buenas y malas, Emily, y siempre hay que tener esperanza –apretó con fuerza el brazo de Emily. No la sorprendía en absoluto que su hijo deseara tanto a aquella mujer inglesa.

Emily era muy distinta a todas las chicas que Giovanni había conocido. Era una persona familiar, buena y leal, y además muy hermosa, como se merecía su hijo. Su único defecto era que no parecía sentir lo mismo por Giovanni, y él había dicho que, si no podía estar con Emily, no querría estar con nadie más...

Más tarde, mientras Emily, Giovanni y María tomaban un café en el patio, Giovanni se fijó en lo pálida que estaba Emily. Parecía más distante que nunca, y Giovanni supuso que se debía a la impresión que le había causado conocer la verdad sobre su familia.

Se maldijo a sí mismo por no habérselo contado antes. Siempre se había enorgullecido de conocer a las mujeres, pero empezaba a darse cuenta de su error. Si quería conquistar a aquella mujer, capaz de volverlo loco con el simple roce de su cuerpo, tendría que pensar de otra manera... Y cuanto antes.

El vuelo de regreso a Inglaterra transcurrió en un incómodo silencio, con Emily mirando por la ventanilla mientras Giovanni intentaba, sin éxito, concentrarse en el periódico.

–Siento no haberte contado la verdad sobre mi familia –dijo él finalmente.

–No tienes por qué disculparte –se apresuró a cortarlo ella–. No tiene la menor importancia. Me ha alegrado volver a ver a tu madre, y ha sido una visita muy... reveladora –miró a Giovanni a los ojos por primera vez en todo el vuelo–. Lamento la muerte de tu esposa, Giovanni –le dijo con voz amable, antes de girarse otra vez hacia la ventanilla.

Giovanni sintió cómo le ardía la sangre. ¿Por qué su madre se empeñaba en complicarlo todo contándole su pasado a Emily? Debería haber dejado que fuera él quien se lo contara, a su manera y cuando lo juzgara oportuno.

–Todo eso ya pasó –dijo, tocándole el brazo a Emily–. Lo único que importa es el presente y lo que hagamos en el futuro.

–El pasado también importa... –empezó ella, pero él la interrumpió.

–Sólo importa lo que aprendemos del pasado... Para no volver a cometer los mismos errores.

Era muy tarde cuando se subieron a un taxi en el aeropuerto de Heathrow.

–Gracias una vez más por venir conmigo a Italia, Emily –le dijo Giovanni–. Mi madre apreció tu compañía y tu regalo... No ha dejado de alabar el cuadro.

–Me alegro de que le haya gustado –dijo ella con una breve sonrisa.

–Tengo que verte mañana, Emily. Quiero hablar contigo –le pidió, casi desesperadamente. No podía perderla, y sabía que ella acabaría entendiéndolo.

–Lo siento, Giovanni –respondió ella, mirándolo fijamente–. No puedo verte mañana. Mi agencia me envía a Estonia, ¿no te lo había dicho? Estaré fuera hasta la semana próxima –la voz se le quebró ligeramente al contar la mentira, pero no iba a volver a ver a Giovanni. Aquel fin de semana había sido demasiado para ella, y cualquier excusa podía servirle. Necesitaba poner orden en sus ideas, no arriesgar su vida en manos de aquel hombre, y lo primero era alejarse de él lo más posible.

Giovanni Boselli era una amenaza para sus sentidos y su cordura. No podía estar cerca de él.

Capítulo 13

CUATRO días después de haber vuelto a Inglaterra, Giovanni había acabado con el trabajo pendiente en la oficina. No tenía ningún motivo para quedarse en Londres, pero no podía volver a Roma hasta haber visto a Emily e intentar arreglar la situación con ella. Emily estaba muy enfadada con él, lo cual era comprensible, pero Giovanni nunca se había imaginado que su posición social fuera tan importante para ella.

Miró su reloj. Casi era la hora de comer. El momento de pasar a la acción. No habían intercambiado una palabra desde el lunes por la noche y no podría soportar el silencio ni un día más. O bien el móvil de Emily no funcionaba o bien ella lo había apagado a propósito, lo cual no tenía sentido, ya que su agencia necesitaría contactar con ella.

No quería avergonzarla llamando a su oficina, pero no le quedaba otro remedio.

—Justin Taylor —respondió una voz al marcar el número—. ¿Qué desea?

Giovanni carraspeó antes de hablar.

—Oh, hola. Siento molestarte, Justin. Soy Giovanni Boselli. Creo que nos conocimos hace poco. Me preguntaba si podrías decirme cómo contactar con Emily. Su móvil está siempre desconectado. ¿Podrías decirme en qué hotel se aloja? Creo que está en Tallin.

–No, no está allí –respondió Justin–. No se marcha a Estonia hasta dentro de diez días.

–¿Cómo? –preguntó Giovanni con incredulidad–. Pero si me dijo que se iba el martes... por una semana –rápidamente recuperó la compostura–. Bueno, ¿está ahí, en la oficina? ¿Puedo hablar con ella?

–Me temo que no. No ha venido a la oficina en toda la semana. El martes por la mañana llamó diciendo que estaba enferma.

Giovanni dejó el teléfono y se quedó mirando al vacío, sintiendo un nudo en la garganta al pensar que Emily estaba enferma. Pero entonces sacudió la cabeza. Emily le había mentido al decirle que estaría en Estonia... ¿Por qué? No tenía razón alguna para hacerlo, a no ser que no quisiera verlo ni hablar con él.

Se sentía confuso, dolido y humillado, pero sobre todo angustiado por la salud de Emily. Al menos tenía a Coral para cuidar de ella, a no ser que su compañera de piso también hubiera caído enferma... Por desgracia, no tenía el número de Coral.

Finalmente se decidió a actuar. Fuera cual fuera la razón que tuviera Emily para comportarse de aquella manera, él tenía que oírla de sus propios labios. Giovanni jamás dejaba un asunto sin zanjar... aunque el resultado no siempre fuera el deseado.

Casi había oscurecido cuando llegó al piso de Emily. Una luz salía de su dormitorio, y Giovanni intentó llamarla una vez más. No recibió respuesta, pero sí las miradas curiosas de los otros viandantes, de modo que se atrevió a llamar al timbre. A Emily no le haría gracia que la molestaran a aquellas horas, pero tenía que verla como fuera.

No recibió respuesta. Si abriera la ventana, aunque sólo fuera por un momento, podría decirle si se encontraba bien. Aquello bastaría. Pero aparte de la luz que salía del dormitorio, la casa parecía desierta.

Se quedó en los escalones de la entrada, sin saber qué hacer. Si hubieran vivido en la planta baja, tal vez podría haberse colado por alguna ventana.

—¿Puedo ayudarlo? —le preguntó un hombre que se acercaba por el camino de entrada. Era de edad madura y miraba a Giovanni con desconfianza—. ¿Está buscando a alguien?

—Sí, así es. Me llamo Giovanni Boselli y soy amigo de Emily... Emily Sinclair.

El hombre sonrió e introdujo la llave en la cerradura.

—Ah, sí... Pero creo que Emily y su amiga están fuera. Hace varios días que no las veo, aunque tampoco vengo mucho por aquí. Me llamo Andy Baker. Soy el dueño del piso.

Giovanni sintió un alivio tan grande que a punto estuvo de abrazar al casero.

—Recuerdo que vino una vez a casa de Emily, mientras estábamos cenando. El caso es que... creo que Emily está enferma. No responde al teléfono y estoy muy preocupado por ella. ¿No tendría una llave de su casa para comprobar si está bien?

Andy se compadeció de él, aunque no estaba muy convencido.

—La verdad, no sé... Legalmente sólo puedo permitir el acceso en caso de emergencia.

—Pero se trata de una emergencia —insistió Giovanni—. Escuche, podemos limitarnos a abrir su puerta y llamarla. Eso no es ningún delito, ¿verdad?

—No, supongo que no —concedió Andy de mala gana, y los dos subieron la escalera hasta el piso de Emily. Giovanni llamó a la puerta con los nudillos.

—Emily, soy Giovanni... ¿Va todo bien?

No hubo respuesta, pero entonces se oyó un débil gemido, seguido por un estrépito de cristales rotos.

–Tenemos que entrar –decidió Giovanni, intentando guardar la calma–. Abra la puerta enseguida, por favor.

Andy no perdió tiempo en obedecer y los dos entraron en el apartamento. Giovanni se dirigió directamente hacia el dormitorio de Emily y allí la encontró, tendida de costado en la cama, destapada y con un brazo colgando sobre el suelo. Intentó incorporarse al darse cuenta de que no estaba sola, y Giovanni se apresuró a ayudarla, pasando sobre los cristales rotos esparcidos por el suelo. Emily estaba completamente pálida y despeinada, y miró a Giovanni con ojos vidriosos.

–Emily... se agachó para estrecharla entre sus brazos y ella apoyó la cabeza en su hombro.

–¿Qué hora es? –susurró a través de sus labios resecos–. Tengo que levantarme...

Andy carraspeó incómodamente desde la puerta.

–Estaré arriba –le dijo a Giovanni–. Avíseme si necesita algo.

Se marchó y Giovanni acostó y arropó a Emily. Ella lo miró y su mente empezó a aclararse.

–¿Qué haces tú aquí? –preguntó con voz ronca–. No recuerdo haberme acostado. ¿Qué está pasando?

Giovanni se sentó a su lado y la agarró de la mano.

–¿Cuánto tiempo llevas aquí tú sola? –le preguntó–. ¿Sabes qué día es?

–Es... martes, ¿no? –respondió ella vacilantemente–. Sí, martes.

–No, Emily. Es viernes. ¿Dónde está Coral?

Emily ya se había despertado del todo e intentó volver a incorporarse.

–Está fuera, en un curso.

–De modo que llevas cuatro días aquí sola. Estaba

muy preocupado porque no sabía nada de ti, Emily, así que llamé a la oficina –no quiso decir nada más, porque aquél no era el momento para dar explicaciones. Ver a Emily tan frágil y desamparada lo había afectado de tal manera que todos sus remordimientos se habían desvanecido al instante. Sus mentiras ya no le importaban. Lo único que sentía era compasión y una apremiante necesidad por hacer que Emily volviera a estar bien.

Durante los diez minutos siguientes Giovanni se ocupó de poner un poco de orden. Recogió los vasos vacíos y los pañuelos arrugados de la mesilla y tapó el frasco de pastillas que Emily había estado tomando. A continuación, buscó una escoba y un recogedor en la cocina para recoger los cristales rotos y puso la tetera al fuego.

Cuando volvió al dormitorio, Emily se había sentado en el borde de la cama e intentaba ponerse la bata. Una vez más, Giovanni se dispuso a ayudarla.

–Creo que empiezo a recordar –dijo ella con voz muy débil–. El martes me desperté muy temprano, sintiéndome fatal, y supe que no podría ir al trabajo. Pero pensé que, si pasaba el día en cama, me recuperaría pronto –tragó saliva–. Y eso es lo último que recuerdo, salvo que fui al cuarto de baño a beber agua. Creo que tomé también algunas pastillas... –mantuvo la vista en el suelo, pues no quería enfrentarse a los ojos oscuros que la estaban mirando.

Giovanni le puso la mano en la frente.

–Parece que tu temperatura vuelve a ser normal. Pero tienes que comer algo. ¿Qué te apetece?

Emily empezaba a recuperarse y sabía que tendría que explicarle a Giovanni por qué no estaba en Estonia. Pero decidió retrasar las explicaciones lo más posible.

–Me apetece una tostada con mermelada. La jarra

está en el armario, sobre el fregadero –suspiró débil-
mente–. Y creo que hay pan en el frigorífico.

Giovanni sonrió, aliviado de ver la mejoría de Emily.

–Marchando una tostada con mermelada –dijo, y fue
rápidamente a la cocina.

Emily caminó con cuidado hasta el cuarto de baño y
se miró al espejo. Tenía un aspecto horrible, pero no podría importarle menos. Llenó el lavabo con agua caliente
y se lavó las manos y la cara. También se pasó una es-
ponja por el cuello y los brazos y se aplicó un poco de
crema hidratante en la piel. Finalmente se lavó los dientes y se cepilló el pelo. El resultado distaba mucho de ser
ideal, pero tendría que bastar por el momento.

Le gustaba que Giovanni estuviera allí, pensó. A pesar de todas sus dudas, era la clase de hombre amable
y atento que toda mujer querría tener a su lado, especialmente en los momentos difíciles... y en otros momentos, también.

Pero ¿podrían estar juntos toda la vida como él
creía? ¿Y sería ella suficiente para un hombre como
él? Había muchas cosas que Giovanni no le había contado. Muchas cosas que ella necesitaba saber.

Giovanni le llevó la tostada y una taza de té al salón
y se sentó frente a ella para verla comer con apetito. El
color volvía a cubrir sus mejillas, y sus ojos habían recuperado su brillo.

–Supongo que te sorprendió descubrir que no estaba
en Estonia –dijo ella finalmente.

Giovanni se encogió de hombros, como si apenas
hubiera pensado en eso.

–¿Algún cambio de planes en el último minuto?
–preguntó, intentando ponérselo fácil.

Ella lo miró unos momentos, antes de responderle
con sinceridad.

—No, nada de eso. Quería hacerte creer que estaría de viaje porque... —tragó saliva—. Porque no quería verte, Giovanni —tomó un sorbo de té—. Tenía miedo.

—¿Miedo de mí, Emily? —le preguntó dulcemente.

—Un poco —admitió ella, sin mirarlo a los ojos.

—¿Aún estás enfadada conmigo por no haberte contado la verdad sobre mi familia? ¿O por haberte ocultado que estuve casado?

Emily asintió lentamente.

—Aún me cuesta creer que alguien pueda ocultar algo así, pero no es sólo eso, Giovanni.

—Entonces, ¿de qué se trata? —le preguntó. Ahora sí que no entendía nada.

Emily guardó un largo silencio antes de volver a hablar.

—No quiero amarte. No quiero enamorarme de alguien que no podría serme fiel. La fidelidad es un pilar indispensable en una relación si se quiere que dure para siempre.

—Estoy de acuerdo —afirmó él—. Pero ¿qué es lo que intentas decirme?

—¿Puedo hablarte con franqueza?

—Me temo que tendrás que hacerlo.

—¿Qué me dices de la chica de la fiesta... con la que estabas paseando bajo mi ventana? Os vi a los dos juntos. Vi cómo la abrazabas y besabas... Debe de ser alguien muy especial para ti, Giovanni.

Giovanni dejó de fruncir el ceño y soltó un profundo suspiro.

—Esa mujer tan especial, Emily... es mi hermana, Francesca —al parecer, a Emily aún le quedaba mucho por descubrir de su familia—. La vemos muy poco por culpa de su trabajo. Se licenció en Ciencias Políticas y ahora ocupa un alto cargo en el gobierno. Siempre está viajando por todo el mundo, y el domingo por la noche llegó de Estados Unidos a tiempo de felicitar a mi madre, después de que tú te hubieras acostado. Tuvo que volver a marcharse antes de que amaneciera para acompañar al primer ministro a Japón –su expresión se tornó muy seria–. ¿De verdad creías que ella y yo...?

–Bueno, parecíais estar muy unidos... –respondió Emily dubitativamente–. Como si estuvierais sumidos en una íntima conversación.

–Y así era –confirmó él–. Le estaba hablando de ti, Emily. De la maravillosa mujer inglesa de la que estoy enamorado. Pero también le decía con pesar que mis sentimientos no eran correspondidos –se paró un momento. Le resultaba difícil seguir hablando–. Mi hermana siempre me ha dado buenos consejos, y lo que me dijo fue: «Nunca renuncies a los deseos de tu corazón. Si es realmente lo que quieres, lucha por ella».

Parecía tan sincero, tan encantadoramente apasionado, que Emily sintió ganas de abrazarlo. Quería que la estrechara entre sus brazos y que no la soltara nunca más.

Terminó de comerse la tostada en silencio. Poco a poco iba recuperando las fuerzas y la confianza, pero aún necesitaba saber algo más.

–¿Y Paulina? Háblame de tu mujer, Giovanni. Quiero saberlo todo sobre ti.

La expresión de Giovanni se oscureció, pero sólo por un segundo.

–No es un tema del que me guste hablar, pero supongo que mereces saberlo –se levantó y caminó hasta la ventana para mirar el cielo nocturno–. Paulina había sido amiga mía y de Francesca desde que éramos niños. Era muy hermosa, y se parecía tanto a Francesa que muchos las tomaban por hermanas.

–Lo sé. Vi la foto en tu piso.

–Nunca me había imaginado que nuestra relación pudiera ir más allá de una amistad, pero a veces la vida toma un giro inesperado. Paulina se enamoró de mí y yo no supe cómo decirle que no sentía lo mismo por ella. Lo intenté... y ella amenazó con suicidarse. Todo el mundo en mi familia –evitó deliberadamente mencionar a su madre– me decía que seríamos la pareja perfecta, y yo me obligué a creerlo porque odiaba hacerle daño a Paulina. No hay nada más horrible que te rechace la persona a la que amas...

Emily levantó la mirada brevemente. Estaba completamente de acuerdo con eso.

–De modo que nos casamos –siguió Giovanni–, y todo fue bastante bien, al principio. Paulina empezó a cambiar... Se convirtió en una mujer codiciosa y permanentemente insatisfecha. Siempre estaba comprando ropa, zapatos, bolsos, joyas... Cosas que no necesitaba ni deseaba, intentando llenar el vacío de su vida –se quedó callado durante tanto rato que Emily lo miró con curiosidad. Era evidente que sufría al hablar de aquello–. Me di cuenta, demasiado tarde, de que todo era por mi culpa. Dejé de prestarle atención, sumido como estaba en mi trabajo, y me limité a pagar sus facturas sin preocuparme por lo que realmente necesitaba. Pero su afán consumista empezó a convertirse en una obsesión. Cuanto más tenía, más quería. Yo intenté hablar con ella y me acusó de ser un tacaño –soltó una amarga carcajada–. Lo único que le negué era la atención que merecía, el tiempo que necesitábamos para disfrutar de nuestro matrimonio –sacudió la cabeza–. En aquel tiempo estaba completamente estresado por la responsabilidad que suponía llevar los negocios, y entonces... sucedió lo impensable. Paulina se puso enferma, su estado empeoró irremediablemente y murió al cabo de unos meses. Antes de que yo pudiera arreglar las cosas entre nosotros. Antes de poder compensarla por mi falta de atencioncs... Había antepuesto el trabajo y la empresa a los sentimientos de mi esposa. Y su muerte me dejó tan asqueado conmigo mismo que nunca podré perdonarme.

Volvió a quedarse callado otro largo rato. Emily lo miraba con el ceño fruncido.

—Pero lo peor de todo, Emily, fue algo que nunca le he contado a nadie —tragó saliva—. En uno de sus frecuentes arrebatos, me dijo que nunca había estado enamorada de mí. Que sólo amaba mi fortuna y que desde muy joven había decidido que algún día se convertiría en mi esposa para que todo lo mío también fuera suyo —se giró lentamente hacia Emily—. A pesar de sus duras palabras, su pérdida me dejó con una sensación de vergüenza y fracaso. Nunca podré perdonarme —repitió.

Volvió a sentarse junto a Emily, a quien se le había formado un nudo en la garganta que le impedía hablar. Le agarró la mano mientras él seguía hablando.

—Me vi obligado a tomarme un largo descanso en el trabajo, y aparte de un par de visitas a la oficina de Londres he pasado casi todo el tiempo en Roma, haciendo cosas como ocuparme de las tiendas y bares de mis amigos e intentando relajarme. Y así te conocí, Emily —le apretó fuertemente la mano—. En cuanto te vi sentí algo, una extraña ilusión, una nueva esperanza en el futuro —dudó—. Quizá ahora entiendas por qué no quise hablarte de mi pasado, aunque no pretendía que fuera un secreto. Espero haber aprendido de mis errores y no volver a cometerlos. Ninguna mujer que decida pasar su vida conmigo se sentirá defraudada.

Ella giró la cabeza para mirarlo fijamente a los ojos.

–Espero que te perdones algún día, Giovanni –le dijo–. Cargar con la culpa sólo puede hacerte daño.

–Tienes razón, pero necesito alguien que me ayude, Emily. No puedo hacerlo yo solo.

Todo su cuerpo reaccionaba a la proximidad de Emily, al tacto de su cuerpo, al dulce olor de su piel... Dominado por el deseo, y convencido de que ella no lo rechazaría, la apretó entre sus brazos y la besó delicadamente en los labios.

Y Emily sintió cómo sus dudas, inseguridades y recelos se desmoronaban ante la inevitable acometida de los sentimientos.

Pero aún le quedaba una pregunta...

–¿De quién era el picardías que había colgado en tu cuarto de baño, Giovanni?

–De mi hermana –respondió él con una sonrisa–. Francesca siempre deja algunas cosas en mi casa, ya que a veces se queda allí a dormir.

Aclarado el asunto, los dos permanecieron en agradable silencio, relajados y aparentemente satisfechos en el modesto salón. Sólo aparentemente, porque de repente ninguno de los dos pudo aguantarlo más y empezaron a besarse de nuevo, con todo la pasión, el anhelo y la excitación que habían contenido hasta entonces.

–Dime que me quieres, Emily –le pidió él–. Dime que no estoy deseando lo imposible. Dime que serás mi esposa, mi vida, mi todo... para siempre.

Y finalmente, en un momento que recordaría toda su vida, Emily se atrevió a expresar sus sentimientos.

–He intentando no amarte, Giovanni, pero no puedo evitarlo... Te quiero, y no quiero ni puedo seguir ocultándolo.

Los negros ojos de Giovanni, aquellas ventanas de su maravillosa alma, brillaron con lágrimas de emoción y felicidad al oír las palabras que tanto había deseado escuchar.

Pero ¿la aceptaría su familia?, se preguntó Emily mientras los labios de Giovanni volvían a reclamar los suyos. María era una mujer formidable... pero también podía ser una formidable enemiga. ¿Y si ella, Emily Sinclair, no era lo bastante buena para la prestigiosa familia Boselli? Se apartó y miró a Giovanni a los ojos.

–¿Crees que podré integrarme, Giovanni?

–¿De qué estás hablando, Emily? –le preguntó él, sin entender.

–De tu madre... Sus expectativas son muy altas. ¿Crees que puedo ser lo bastante buena para su hijo?

Giovanni se echó a reír.

–Mi madre te quiere tanto como yo, Emily. Créeme. He hablado mucho con ella, y me ha dicho que, si puedo convencerte para que seas mi esposa, le daré la mayor alegría de su vida. Disfruta mucho de tu compañía y le encanta hablar contigo. Y está deslumbrada con tus dotes artísticas. Mi madre reconoce el talento cuando lo ve, y creo que le gustaría tenerte en nuestro equipo de diseñadores. Podrías aportar nuevas ideas, y toda empresa necesita recibir aire fresco de vez en cuando. Piensa en ello, Emily... Tú y yo cerrando el círculo que mis bisabuelos iniciaron hace años. ¿No te parece una idea fantástica? Además... –añadió con una sonrisa maliciosa–, la empresa necesita herederos... y creo que tú y yo podríamos solucionar ese detalle. Sólo si tú quieres, claro está. Lo primero son tus deseos.

Mirando el brillo de sus ojos, Emily volvió a pensar que nunca podría conocer a un hombre tan fabuloso. Y además era un hombre en quien ella iba a confiar. Sabía que podía hacerlo. Recordó las palabras de su padre al referirse a su esposa: «Si hubiera esperado más, la habría perdido». Bueno, pues ella tampoco iba a esperar más.

Se arrodilló en el sofá y le echó los brazos al cuello mientras le ofrecía sus labios para que volviera a besarla. Y él lo hizo. Deslizó las manos por debajo de su bata y le recorrió la espalda, los hombros y los pechos, provocándole un hormigueo cada vez más intenso hasta que Emily se obligó a apartarse. No era el momento, por mucho que ambos lo desearan. La pasión tendría que esperar un poco más, pero sabía que la espera merecería la pena y que el sexo con Giovanni superaría sus sueños más salvajes.

–¿Crees que la empresa podrá esperar unos meses para su primer heredero? –le preguntó en tono jocoso–. En el caso de que seamos lo bastante afortunados para tener alguno...

–No te preocupes por eso –le dijo Giovanni, volviendo a abrazarla–. ¿Sabes cómo me llaman mis amigos? Por todo el mundo se me conoce como «Gio el Afortunado». Y en estos momentos, Emily, tengo la absoluta certeza de que nunca podré ser más afortunado...

Bianca™

Ella tenía un secreto que le iba a cambiar la vida

Nicolas Dupre creía haber dejado el pasado atrás. Desde que se fue de Australia, había ganado millones como productor teatral en Nueva York y Londres. De repente, le pidieron que volviera a Rocky Creek, y todo lo que había intentado olvidar volvió a su vida…

Incluida Serina, a la que no había vuelto a ver desde la última noche que habían pasado juntos, una noche de pasión salvaje. Nicolas nunca se había olvidado de ella ni de su engaño. Ahora tenía la oportunidad de acostarse por última vez con ella y cerrar el asunto…

*Una noche,
un secreto…*

Miranda Lee

Deseo™

En brazos de su protector

JOAN HOHL

El ranchero Hawk McKenna se iba a quedar poco tiempo en la ciudad, lo justo para conseguir algo de compañía femenina antes de regresar a casa. Pero en cuanto entró en el restaurante de Kate Muldoon, supo que aquella mujer le iba a causar problemas. Sus ojos hablaban de miedos largo tiempo ocultos, pero sus labios le hacían desear llevársela a la cama. Lo más sensato sería dejarla y dirigirse a las montañas pero, a pesar de su naturaleza solitaria, Hawk no podía marcharse. ¿Hasta dónde estaría dispuesto a llegar para mantener a Kate a salvo?

¿Seguro que sería sólo temporal?

Bianca™

Embarazada… ¡por real decreto!

Era la noche de una exci-
tante subasta de arte en Londres y a Cally Greenway estaban a punto de encargarle el
trabajo de restauración de
sus sueños… pero el cuadro
fue a parar a manos de un
pujador anónimo. Desolada
y abatida, Cally encontró re-
fugio en los brazos de un
guapo e implacable desco-
nocido. El hombre que había
comprado su querido cua-
dro, ¡el príncipe de Montéz!

Por decreto real, Leon
convocó a Cally. Su Majestad
deseaba una amante: sumisa,
atractiva y… ¿embarazada?

Amante de un príncipe

Sabrina Philips